O MELHOR DO PIOR

EVANDRO SANTO

O MELHOR DO PIOR

MATRIX

© 2013 – Evandro Santo
Direitos em língua portuguesa para o Brasil:
Matrix Editora – Tel.: (11) 3868-2863
www.matrixeditora.com.br

Diretor editorial
Paulo Tadeu

Capa e diagramação
Daniela Vasques

Revisão
Adriana Wrege

Dados Internacionais de Catalogação na Publicação (CIP)
SINDICATO NACIONAL DOS EDITORES DE LIVROS, RJ.

Santo, Evandro
O melhor do Pior / Evandro Santo. - São Paulo : Matrix, 2013.

1. Humorismo brasileiro. I. Título.

13-0682.

CDD: 869.97
CDU: 821.134.3(81)-7

Agradecimentos

Esta página não foi nada difícil de fazer, porque minha memória não me faz esquecer quem me ajudou em toda a minha trajetória. Conheci muita gente que não vale o copo de requeijão em que bebe a água não filtrada, mas conheci muito mais gente ainda que me ajudou. E muito. São 18 pessoas às quais eu gostaria de agradecer. Dezoito nomes essenciais, que me ajudaram muito. Por influência, incentivo, ajuda ou apenas por gostar de verdade. Como se fosse uma maioridade emocional, um cara que precisou de 18 pessoas para construir sua história de palhaçada, presepada e muita, muita risada.

Em primeiro lugar, gostaria de agradecer à minha mãe, que me ensinou a ler e escrever quando eu tinha 6 anos, e nessa idade eu já devorava os livros cafonas de romance dela — Sabrina, Júlia e Bianca —, muito comuns nos anos 1970/1980. E também os gibis da Mônica que ela me dava quando eu merecia, ou seja, quase nunca.

O segundo nome é o da coreógrafa, jurada e aquariana Fernanda Batah Chamma, que me deu a primeira chance artística, me deixando dançar no grupo dela, mesmo sem ter talento nenhum. Obrigado, Fê. Pela paciência comigo, mesmo sem ter a menor paciência com ninguém.

O terceiro é da minha amiga de longa data Yonara

Lamounier, na época bailarina do mesmo grupo. Juntos, dividimos muitas risadas e pratos de macarrão barato com carne moída. Hoje ela é uma empresária bem casada e bem-sucedida... benza Deus. Minha amiga virou burguesa e sem ser chata ou metida. Que bom!

O quarto é o Fábio Bento, pessoa que me ajudou em todos os aspectos possíveis e, embora não tão juntos como no passado, fica na memória a gratidão pelos empréstimos financeiros, as brigas para eu aprender a ter boas maneiras e a falar baixo e menos, coisa que não aprendi até hoje, a ser menos "oleoso".

Saudades, Mammy.

O quinto é André Serradas, um grande amigo, o oposto de mim, bibliotecário, pessoa séria, direta, sem meias palavras, mas com um humor único e dono de opiniões mais fortes, amigo de tantas farras e muitos perrengues divertidos. Sempre presente, com sua cara fechada e verdades doídas.

O sexto nome é da Andrea Barretto, amiga, atriz, empresária, assessora, cafetina, mãezona que briga por causa dos meus exageros e postura louca, pulso firme, esmalte de ferro, uma verdadeira mulher TPM ambulante.

O que seria de mim sem você, cuidando de vários aspectos da minha vida, mesmo os mais pesados e tristes? Obrigado, canceriana maluca.

Com carinho, o sétimo lugar ocupa a Sebá, minha mãe/funcionária/empregada e praticamente dona da minha casa, comigo desde 1998, que já tirou muito dinheiro da poupança, enquanto muitos cachês não caíam na minha sempre negativa conta.

Nunca me esqueço de você limpando meu vômito, quando tive aquela maldita hepatite medicamentosa. Sem você, sem sua voz de Minnie Mouse, esta casa é tão boba!

O oitavo é Daniel Zukerman, o Impostor, que, na época, produtor da rádio Jovem Pan e do programa Pânico na rádio, topou que eu fosse lá dar uma entrevista sobre o meu grupo ABSURTO, do qual, curiosamente, faziam parte Andrea Barretto e Yonara, já citadas anteriormente.

Obrigado, Dan, com seu humor único que sempre me deixa "noiado".

O nono lugar é do Emílio Surita, um cara forte, trabalhador, ousado, nem sempre compreendido, mas acho que ele não liga para isso, porque gênios não devem ser compreendidos, e, sim, admirados.

Somente um cara como ele teria coragem de pegar um ilustre desconhecido e colocar no horário nobre da TV. Tem que ser muito macho para fazer isso, obrigado.

Existe um A.E. (Antes de Emílio) e um D.E. (Depois de Emílio) na minha vida.

O décimo agradecimento vai para ela, pessoa tão especial e celebrada, Sabrina Sato, que topou gravar comigo a primeira vez, um zé-ninguém, ela que sacrificou um pedaço da festa em que era convidada, para tentar algo com alguém que ela nunca vira na vida.

Obrigado, Japa, madrinha.

O décimo primeiro vai para o editor André Machado, que mesmo não estando mais na nossa equipe (foi trilhar outros caminhos) me deu vários toques, várias broncas ou dicas como "agora você está cafona e bobo", ou "menos, Evandro, menos". Obrigado, boa sorte para você sempre.

Nem sempre um homem toma atitudes que agradam a todos, mas devemos seguir nossos caminhos e corações e uns bofes bonitos na rua também.

O décimo segundo vai para Alan Rapp, que, muitas vezes duro, muitas vezes direto, me ensinou a ser menos manhoso, vaidoso; aprendi com ele que certas escolhas profissionais passam longe do pessoal e têm sentido quando você tem poderes e decisões enormes e pesadas para tomar. O Alan é um macho "à la Tarantino".

Sempre dou risada das suas piadas sujas, indiretas e engraçadas nas reuniões.

Como a Fernanda Chamma, ele sempre me manda calar a boca, porque tenho o maldito dom de falar fora de hora.

Esse trabalha mais que qualquer um que conheço.

O número 13 vai para o Tutinha, que me contratou, acreditou em mim, me deixou fazer parte da equipe, tanto na rádio quanto na TV, me deu a oportunidade de fazer também o *Missão Impossível* e a fazer o meu primeiro blog, o "Ovulando", no Vírgula, em que fui aos poucos me soltando para escrever.

Obrigado, Tutinha, por me suportar no máximo dois minutos na sua sala.

O 14 é do Davis Reimberg, que me ensinou a trabalhar na Internet, a usar essa ferramenta tão poderosa hoje em dia e da qual consigo obter muitos êxitos e também muitos xingamentos.

Davis trabalha comigo todos os dias, sempre se atrasa e sempre tem uma desculpa tão tonta, que sempre acabo perdoando. Tente ser mais pontual, sua peste.

E no 15, Higo Figo, amigo e editor do *Pânico*, tão jovem e tão responsável, brother demais, escuta todas as minhas nojentas baixarias e ri com olhos arregalados sem me recriminar... Te aviso, Higo: as baixarias vão continuar, eu quero é lama. E iremos rir muito das bobagens que VOCÊ também fala.

E no 16, Paulo Tadeu, da Matrix Editora, que sempre me cantou para fazer o livro, reunir todos os textos que eu tinha, como se fosse uma sopa de pobre, mas que, no fundo, alimenta, nutre e enche o bucho. Obrigado.

No 17, o nome é Eduardo Lima, o Du, que separou todos os textos, um por um, xerocou, deu uma revisada com sua paciência escorpiana e seu detalhismo desesperador e chato, às vezes, mas, fazer o quê, matar a gente não pode, mas pode xingar e brigar... Obrigado, Du.

Por ficar do meu lado, em momentos de traição, mas... que bom que os ratos estão longe, né?

Por fim, ele, que não está mais entre nós, mas me incentivava a escrever, me colocou no humor em 1993, me colocou no mundo do telegrama animado, meu eterno e saudoso amigo, Álvaro Héber Pedra Dantas, que nos deixou em 2011 e, vira e mexe, me faz chorar, como agora, em que estou escrevendo... Ele me incentivou a ser ousado, corajoso, quando eu não passava de um veadinho magrelo e sem graça de 16 anos, que sonhava em ser bailarino e famoso como a Madonna... que brega!

Saudades, sua megera, com seus comentários malditos e ácidos, que me fizeram criar meu personagem Christian Pior... Você está em cada fala, em cada careta, em cada veneno.

Espero que esteja deixando o céu menos monótono, ou o inferno mais humano, sei lá. Nos encontraremos ainda, te adoro demais.

A saudade dói mais que úlcera provocada por pinga barata, mas a gente se acostuma. Ou finge que.

Obrigado ainda a todos que comprarem, espero que leiam, que curtam, não é um livro pretensioso ou metido a besta, é para ler, rir, refletir, se achar que deve, guardar ou esquecer, faça o que quiser, mas aqui estão várias fases minhas, uma trajetória de um operário do humor, um caipira do interior, que veio para a cidade grande vencer. E algo aconteceu.

Não passo de um clichê cafona, mas, afinal, quem não é?

Beijos e boa leitura.

Minha cartinha para Deus

Querido Deus!

Bebi e comi muita porcaria. E isso inclui pessoas.
Menti muito e depois fiquei com peso na consciência.
Ganhei amigos e perdi colegas.
Perdi dinheiro, vergonha na cara e shows da Madonna na Europa, afinal, era durango.
Quanta coisa, não, meu Deus?
O Senhor já deve ter rido de mim, pensando: "Onde eu estava com a cabeça, quando eu coloquei essa criaturinha que se acha, no meu já tão caótico mundo?".
Culpa sua... Eu pedi para vir bactéria, o senhor achou que eu tinha potencial para algo mais. Agora, só na próxima encarnação.
Mas eu quero pedir algumas coisas para o Senhor, pode ser?
Tenho uma listinha (adoro uma):

1 - Que eu seja capaz de olhar uma vitrine e olhar, olhar, olhar e não comprar nada. Que consiga resistir ao champanhe que o vendedor me oferece e ir embora, digno e sem sacolas. Me ajude!

2 - Quero ser aquela pessoa que, quando chega a um restaurante, se satisfaz com salada e carnes brancas e grelhadas. Tire de mim os espíritos zombeteiros do açúcar, do chocolate e da "maldição das 12 xícaras de café diárias".

Quero paz dietética.

3 - Que eu prefira livros a uma balada regada a champanhe na faixa.

4 - Que eu ame acordar cedo e malhar freneticamente, tomando litros de chá verde, fingindo ser Toddynho.

5 - Que eu use minha língua de maneira sadia e não para divertidas fofocas.

6 - Que eu só transe por amor... e não amor pelo meu próprio corpo. Sexo por diversão? Só no *American Pie 4*! Eu quero ser uma pessoa decente e romântica!

7 - E que eu, ao olhar para a cara de um ser humano, não fique imaginando lorotas, piadas infames e sacanagens.

Seria possível? São meus pedidos, meu Deus.
Obrigado, viu, Deus?

P.S.: e fale para a Xuxa parar de te chamar de "o cara lá de cima"...
Parece que ela está falando do zelador do prédio que mora na cobertura.

E dê aumento para São Pedro. Ele merece.

PERGUNTAS DE UM HÉTERO SOBRE UM RELACIONAMENTO gay

1 - Gay faz papai-mamãe ou papai-padrasto? Ou papai-papai? Ou papai-titio?

2 - Gay faz frango assado? Mas de padaria ou de rotisseria?

3 - Gay mistura as cuecas ou cada um tem a sua separada?

4 - Quem se faz de gentil e abre a porta do carro? O ativo? O passivo? Ou o manobrista? Se cada um abre a sua, rola então um troca-troca?

5 - E quando o casal recebe um convite de casamento, como vem o envelope? "Sr. Edu e Sr. Márcio?" Ou "Sr. Edu e companheiro"? Ou "para os amigos Edu e Márcio"?

6 - Dá para levar o marido no churrasco da firma? E se levar, ele fica na roda dos homens ou das mulheres? Ou transita entre as duas?

7 - Se marido e mulher brigam pela novela e pelo futebol, sobre o que brigam gay com gay? Pela novela da Globo e pela da Record?

8. Se o homem hétero vê revista de mulher pelada escondido da esposa, gay vê escondido ou os dois olham juntos e ainda dizem: "Viu? É maior que o seu..."?

9 - Como a secretária deve anunciar o outro: "Senhor Wilson, seu marido na linha 3". Ou: "Senhor Wilson, Paulão na linha 8"?

PALAVRAS gays

O cara pode ser muito macho! Daquele tipo que pisa em barata descalço. Pode falar grosso e fazer cara de Vitor Belfort no exame de próstata! Mas não pode falar certas palavras. Porque se falar, colega, hm, a reputação acaba e qualquer homem vai ficar beeeem gay...
Confira e peça ao seu bofe para repeti-las. Aí você vai concordar comigo.

Lounge

Eita, palavra fresca. O próprio lugar e o conceito são frescos.
Ou você imagina bofes saindo do futebol e indo para um... *lounge?*

Fondue

Quando alguém quer fazer a linha bacana no inverno, sempre convida para um *fondue*. Eu, particularmente, acho um nojo...
Todo mundo põe o bagulho na boca, devolve para a panela, bota na boca de novo e, no final, sobram todos aqueles espetos.
Detesto.
Bofe que é bofe convida para uma feijoada ou um "escondidinho". Se ele te chamar para um "caldo verde", corra... é travesti.

Fashion

Nem preciso explicar muito. Ou você imagina um bofe dizendo: "Comi a mina, véio! Ela era "maior *fashion!*". Não dá!

Pistache

Bofe que é bofe não toma sorvete de pistache. Afinal, o que é pistache? Só existe no sorvete?

Fuja do carinha que pedir isso. Homem que é homem sempre pede sorvete com sabor puro: morango, chocolate, creme...

Agora, ameixa africana, chocolate com amêndoas ou iogurte com framboesa, ui! Pistache, então...

Fabuloso

Mas nem mulher usa esse adjetivo. "Fabuloso" é bem gay. Ou você já ouviu estas frases na boca de héteros:

"Seu corpo é fabuloso, querida!".

"O risoto está no ponto e fabuloso".

"O jogo de ontem foi fabuloso. Neymar estava fabuloso! Lucas não é fabuloso!".

"A *Playboy* da Mulher Melancia está fabulosa!".

"Esse mecânico é fabuloso!"

Nem eu, Christian Pior, uso "fabuloso"...

Divino (substituto de "fabuloso")

Palavra mais de bicha pobre, tipo:

"O forró ontem estava di-vi-no...".

"Comprei um tênis novo di-vi-no...".

"Transei com um bofe di-vi-no"!

"O vestido da Alcione era di-vi-no"!

"Seu cabelo ficou di-vi-no"!

Antipático

Você imagina o seu marido, que deixa toalha molhada na cama e conserta o chuveiro sem desligar a chave geral, dizer:

"Meu chefe é muito antipático".

"Não seja antipática, Suzana!"

"Não assisto o *Pânico*... Christian Pior é antipático.
Como seria o macho falando na vida real:
"Meu chefe é um mala!"
"Porra, Suzana, como você é chata!"
"Não vejo o *Pânico*! Eita bicha escrota, o tal do Christian!
"Antipático" é palavra bem de perua...

Design

Além de ser a palavra mais clichê atualmente (todo decorador hoje em dia trabalha com design), a palavra descamba para a "monice" suprema:
- Web design
- design de interiores
- design de móveis
- design de roupa
- design de carros
Nessa hora acredito realmente que o mundo é gay... design.
Imagine o Romário dizendo "design". Ou o Tarcísio Meira, o José Mayer...

Genitália

Junte dois nomes femininos, Geni – personagem de Chico Buarque em *A ópera do malandro* – e Tália – que é um nome ou de drag (Tália Bombinha) ou de gêmeas (Tália e Talita) –, e você tem uma palavra muito gay.
Em "genitália" você escorrega na pronúncia no final. O "tália" faz a língua se movimentar de uma forma bichosa.
Teste você mesmo em frente do espelho, falando "Tália" sete vezes. Observe sua boca e o movimento...
Não é?
Pior que "genitália", só "muxoxo".

COISAS DE MULHER

– Se o bofe sumiu, não fique achando que a culpa é sua.
Mulher sempre acha duas coisas: que a culpa é sempre dela e que toda liquidação é imperdível.

– A mulher escolhe a lingerie para uma noite de amor, assim como um homem lava seu carro para "dar um rolé com a mina firmeza com quem ele está saindo". São duas maneiras distintas de dizer a mesma coisa: "Hoje o bicho pega".

– Vista-se para um homem e sua vida será divertida. Vista-se para mulheres e você nunca estará satisfeita.

COMO TEM GENTE
convencida NO MUNDO!

Como tem gente que se acha, não se encontra e se perde no meio de tudo!
Como tem gente que nos faz rir por dentro, de tão idiota que é.
Pensando nisso, deixei a imaginação correr solta após uma perpétua brava, e criei estas frases bobas, criticando gente que se acha. O que você gostar, adote:

1 - Tem muita Fanta Uva se sentindo vinho do Porto.

2 - Tem muito geladinho se sentindo Häagen-Dazs.

3 - Tem muita ruazinha se sentindo a Champs Élysées.

4 - Tem muita água de torneira se sentindo Perrier.

5 - Tem muita sardinha se sentindo salmão.

6 - Tem muito hot-dog se sentindo Xis-tudo.

7 - Tem muito fusquinha se sentindo Ferrari.

8 - Tem muito telefone fixo se sentindo I-Phone.

9 - Tem muito tanque se sentindo máquina de lavar.

10 - Tem muita goteira se achando toró.

TENHO UMA BOA PRA TE CONTAR:
F.O.F.O.C.A.S

Amo uma fofoca. Você não?

Quando a fofoca é boa, não é fofoca, é comunicação social. Se você quer entrar nessa, aprenda antes a conjugar o verbo fofocar.

É superfácil:

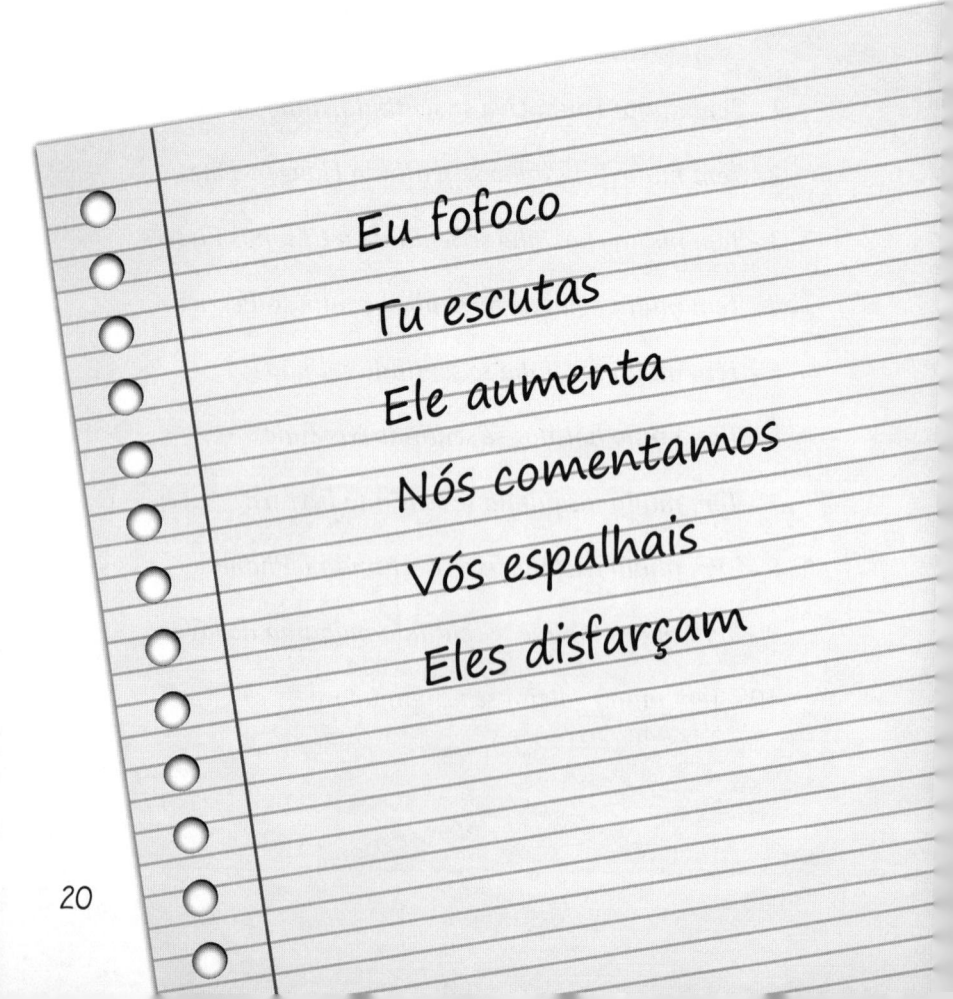

Eu fofoco

Tu escutas

Ele aumenta

Nós comentamos

Vós espalhais

Eles disfarçam

FRASES ORIGINAIS PARA
TERMINAR UM NAMORO

"Estou dando um tempo pra você, porque
outras coisas não darei mais."

★

"Logo você encontrará outra pessoa. Procure nos
achados e perdidos... principalmente nos perdidos."

★

"Foi bom enquanto durou – e rapidinhas duram
tão pouco, não é mesmo?"

★

"Você merece coisa melhor.
MELHOR eu estar beeeem longe."

★

"É que não temos mais química. Nem química, nem
geometria (não nos cruzamos mais), nem matemática
(porque não dividimos mais nada), nem português
(porque não falamos a mesma língua)."

★

"Espero que possamos ser amigos...
daqui a uns vinte anos, pode ser?"

★

"Aprendi muita coisa com você. O que foi mesmo?"

★

"Há um momento de nós dois que
lembrarei para sempre: este fim."

★

"Mas gosto de você como amigo.
Um amigo que mora longe."

★

TESTE SEUS CONHECIMENTOS E VEJA COMO ESTÁ SEU NÍVEL DE ESPERTEZA

(JÁ COM AS RESPOSTAS CERTAS)

Teste de revista não está com nada. Dá um trabalhão para você responder, depois conferir o resultado e tentar colocar em prática algum conselho. Para facilitar a sua vida, eu preparei este teste já com as respostas para aquilo que você precisa realmente saber.

1 - Ele não ligou como combinado, não mandou SMS, nem te cutucou no Facebook. Você:

( ) **A** - Fica em casa roendo as unhas e enchendo a cara de leite condensado, pensando onde foi que errou.
( ) **B** - Liga para ele feito uma louca psicótica e, vendo que ele não atende, você liga mais e mais e mais, infinitamente.
( ) **C**- Dá um pulo na rua, pega o telefone do pai de santo que anuncia no poste "Amarração para o amor" e gasta R$ 2.000,00 em um bom trabalho.
(✓) **D** - Deixa pra lá! Homem sempre é um bicho das cavernas.

2 - Você está em uma incrível liquidação, cheia de peças maras. De repente você vê um único exemplar de casaquinho Missoni lindo, por 60 dólares. Você quase tem um chilique e fica azul-Avatar. Mas uma mulher passa na sua frente e pega a peça. Você:

( ) **A** - Chora por dentro e por fora.
(✓) **B** - Fala gentilmente que viu a peça antes, portanto, é sua.

( ) **C** - Torce para o cartão dela não passar e para ela não ter talão de cheques na bolsa nem dinheiro suficiente.
( ) **D** - Toma o casaco da mão dela, faz cara de assassina psicopata bipolar e se manda rumo ao caixa.

3 - Na balada, um homem feio, mas sexy, te paquera. Só que seu ex está lá, com a atual, uma gata belíssima. Você:

( ) **A** - Se sente lisonjeada, mas com vergonha de ficar com o Beautiful Stranger.
( ) **B** - Marca com o bofe na porta da balada, sem testemunhas.
( ) **C** - Não consegue desviar os olhos do seu ex e da atual dele, sente o ódio crescer dentro de si e só melhora quando consegue imaginar os dois queimando no óleo do pastel.
(✓) **D** - Dá bola para o bofe que não é bonito, descobre que ele é bom de papo e beijo e percebe mais tarde à meia-luz que ele até tem um rostinho interessante.

4 - Você contrata uma empregada nova e, desde então, suas roupas íntimas têm DESAPARECIDO. Você:

( ) **A** - Acha que é coisa da sua cabeça, já que, como diria Seinfeld, "peças íntimas têm vida própria e somem mesmo".
( ) **B** - Acha que a nova empregada foi mandada por uma ex do seu namorado para fazer trabalhos de macumba.
( ) **C** - Coloca ratoeiras nas gavetas, câmeras escondidas e pede para o porteiro revistá-la na saída.
(✓) **D** - Tem uma conversa franca, olhos nos olhos, rímel no rímel e pergunta na cara dela o que está acontecendo.

5 - Sexo sem amor é:

(✓) **A** - Carência
(✓) **B** - Promiscuidade
(✓) **C** - Cegueira
(✓) **D** - Diversão

6 - Sexo com amor:

(✓) **A** - Sagrado
(✓) **B** - Sorte
(✓) **C** - Ilusão
(✓) **D** - Cool

7 - Viver é:

(✓) **A** - Viver
(✓) **B** - Sofrer
(✓) **C** - Lutar
(✓) **D** - Ferver

8 - Uma bolsa Hermès é:

(✓) **A** - Um luxo
(✓) **B** - Uma ilusão
(✓) **C** - Um insulto
(✓) **D** - Uma arma

AUTOAJUDA

Muita gente compra roupas de grife, não porque ama a moda, e, sim, para impressionar o inimigo. E pelo tamanho do guarda-roupa dá para imaginar a quantidade de inimigos.

Nunca deixe roubarem sua criança interior. No dia em que isso acontecer, você será a pessoa mais emburrada do mundo. E você sabe como é difícil conseguir outra criança: o processo de adoção aqui no Brasil é complicado.

Ficou de ressaca? Chegue no trabalho e diga a frase clássica: "Não estou para ninguém".

Mas só vale se você tiver uma sala só sua.

Quem é de telemarketing não pode se dar esse luxo – nem ficar de ressaca.

A inveja é uma merda. E merda a gente dá descarga e continua a viver.

Antes de saber de tudo e de todos, saber de si mesmo.

Quando a vida do outro parece mais interessante que a sua, ou você vira colunista social ou vai para a terapia.

Terminar uma relação tem que ser com grife. Pé na bunda, sim. Mas com botas Ferragamo.

Ir à balada, beber, perder a cabeça, perder a vergonha e perder o juízo, sim, mas não perder a comanda.

Perder a comanda na balada é mais dramático que perder a virgindade com o homem errado.

O importante é ter uma cama boa antes de tentar ser bom de cama. Transar em beliche, colchão no chão e em redes só funciona em filmes pornôs muito otimistas.

Perceber que tudo que vai volta. Portanto, se perdeu a droga do ônibus, relaxe, outro virá, mesmo que demore.

E depois, se não vier, dormir no ponto de ônibus é supeeeeeer jovem, supereuropeu.

Viva as diferenças, principalmente as de preço de uma liquidação.

★

Ame e dê vexame, mas longe de mim, por favor!

★

DÚVIDAS DESTE MUNDO MODERNO ⁕• EM REDE •⁕

Ou, como diria Dinho Ouro Preto: "Esta vida me maltrata, estou virando um psicopata"...

– Se eu conheci a pessoa amada numa rede social, terminar por e-mail ou SMS é feio?

– Quando eu for conhecer alguém na vida real, que até agora eu só conheço no mundo virtual, devo diminuir as expectativas por causa do Photoshop?

– Todos os meninos que estão sem camiseta ou todas as mulheres que estão de biquíni na foto principal do Facebook estão a fim de transar?

– Ao conhecer alguém, você dá aquela pesquisada básica no Facebook da pessoa para ver com quem ela anda ou para saber quem é ela no Google?

– Você já aproveitou que a pessoa amada saiu ou foi tomar banho e deu uma olhadinha de leve na caixa de mensagens, para, sei lá, encontrar algo?

– Transar pela webcam é considerado traição?

– Você conseguiria ficar 24 horas sem internet e com o telefone desligado, sem se desesperar?

DITADOS, IRONIAS E CINISMO

Tudo pela minha ótica de pessoa meio louca, meio besta, meio sei lá, qualquer coisa...

A vida é curta.

Depende. Experimente ficar dois anos numa empresa, fazendo um trabalho chato, que não te acrescenta nada.

Deus ajuda quem cedo madruga.

Será? Sei de gente que acordou às 5 horas, no horário, às 5h30 estava no ponto e o motorista do ônibus, um fanfarrão, passou direto e a pessoa perdeu o ônibus, o emprego e a cesta básica...

Em boca fechada não entra mosquito.

Mas também não entra champanhe, risoto, caviar...
E também ficar muito tempo com a boca fechada dá um baita mau hálito.

Não cutuque a onça com a vara curta.

Em vez de perder tempo cutucando a onça com vara curta, vá CUTUCAR alguém no Face... vai que a pessoa goste, e depois te CURTE e quem sabe, até, vocês podem COMPARTILHAR uma intimidade...
Só não vale colocar no MURAL depois pra todo mundo saber.

O mundo não gira ao seu redor.

Gira, sim!
Tome sete doses de tequila pura e de uma vez pra ver se o mundo não para de rodar.

A inveja mata.

Mata a gente de raiva, com esse povo zoião em cima do que é nosso.

Estes colunistas sociais de bairro, que ficam vigiando cada passo nosso para depois distribuir a notícia cada vez mais aumentada e cada vez mais exagerada.

É esse tipo de gente que alimenta o mercado de pais de santo, que muitas vezes dá para o santo coisas que nem nós, em dia de ceia de Natal, comemos.

Se você for muito feliz, pode saber que o seu nome está em pelo menos umas sete casas de macumba.

A inveja mata... de rir, quando a pessoa que nos odeia vê a gente se dando mal.

Enfim, a inveja é uma assassina em vários sentidos.

Em briga de marido e mulher, ninguém mete a colher.

E eu lá quero meter a colher?

Eu quero é ouvir tudo, para depois ter assunto e poder fazer comentários no prédio, na feira, no supermercado, no clube...

SETE HOMENS
E UM FUTURO

1. João Paulo Diniz
O herdeiro da grana que sobrou da venda do Pão de Açúcar. Imagine, amiga, que pelo menos a cesta básica estaria garantida... E ele é um atleta...

2. Eike Batista
Ex-marido bofe de Luma de Oliveira, tem uma grana lascada: alguns bilhões de dólares. Dá para casar e ser fiel.

3. Luciano Huck
É rico e comunicativo, tem um corpo honesto e vai às melhores festas... Tá bom, né?

4. Roberto Justus
Empresário, publicitário, cantor... sei lá mais o quê, mas o bofe tem "aquê" (dinheiro, na gíria gay)!
E o mais legal é que você vai poder demorar para se arrumar, porque ele provavelmente vai demorar mais que você.

5. Tufi Duek
É um hétero no mundo da moda. E charmoso. E dono (ou ex, não sei mais...) da Forum. Jeans, bolsas, vestidos, sapatos, tudo na faixa... E ele tem narigão... Uma garantia, né?

6. Kaká (jogador)

Se ele estava dando mais de 1 milhão de dólares por ano para a igreja, imagine para você, se for esposa. E o melhor: como casou virgem (dizem), não tem passado obscuro.

7. Walter Salles

Cineasta, ariano, a família era dona do Unibanco. Mas a venda do banco não deve ter sido barata. E ele, claro, usufruiu disso. Imagine: filmes, dinheiro... ui!

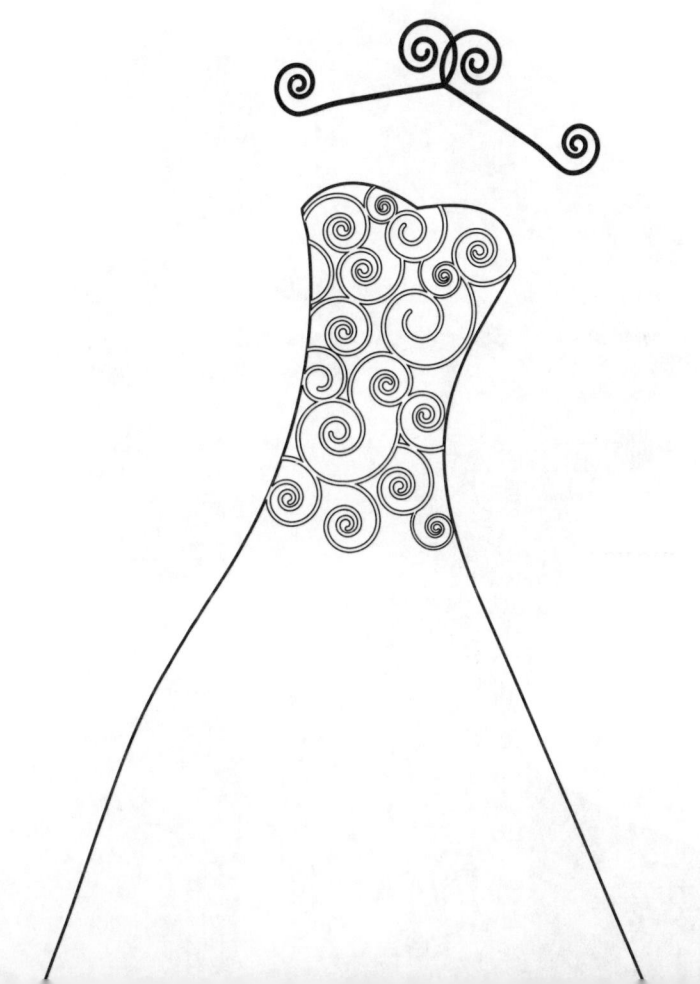

FRASES BESTAS

O FRIO ERA DE TRANSFORMAR

BEM-DOTADO EM JAPONÊS.

BARRIGA CHAPADA SERIA UMA BARRIGA

QUE USOU ALGUMA SUBSTÂNCIA ILÍCITA

E FICOU *MUTCHO LOCA?*

50 FRASES DA insegurança feminina

Marque as que você costuma dizer.

1 - Acho que estou gorda. ( )
2 - Acho que estou flácida. ( )
3 - Meu corpo já não é mais o mesmo. ( )
4 - Ele não me ligou porque eu não sou interessante. ( )
5 - Ele não me ligou porque a ex dele é mais bonita. ( )
6 - Meu chefe me odeia. ( )
7 - Não sei se sou a pessoa certa para este cargo. ( )
8 - Este corte de cabelo não ficou bom. ( )
9 - Esse cabeleireiro me odeia. ( )
10 - Essa roupa me deixa gorda. ( )
11 - Acho que a minha menstruação atrasou. ( )
12 - Sinto que ele está estranho comigo. ( )
13 - Tem algo errado no ar. Eu sinto. ( )
14 - Ele está mentindo, eu sei quando ele mente. ( )
15 - Ela está com inveja de mim. ( )
16 - Este silicone não ficou bom. ( )
17 - Acho que preciso de mais peito. ( )
18 - Acho que estou sem bunda. ( )
19 - Meu pai prefere a minha irmã. ( )
20 - Acho que não sou interessante.
21 - Vou tirar nota baixa por que essa professora me odeia. ( )
22 - Lógico que ele não está olhando para mim, está olhando para você, que é mais bonita. ( )
23 - Não sei se consigo juntar dinheiro até o fim do ano. ( )

24 - Ele não vai voltar. Eu sei. ( )

25 - Acho que não quero fazer festa neste ano. ( )

26 - Não sei se quero sair hoje, não estou bem. ( )

27 - Não vou apresentar o meu projeto, está ruim. ( )

28 - Esta calça ficou horrorosa porque estou com culotes. ( )

29 - Não vou para a praia porque estou cheia de celulite. ( )

30 - Acho que o jantar ficou uma droga. ( )

31 - Minha mãe tem razão, eu não sirvo pra nada. ( )

32 - Melhor ir de táxi, porque não tem jeito: mulher não dirige bem! ( )

33 - Não farei o discurso porque só falo bobagem. ( )

34 - Acho que ele não me achou gostosa. ( )

35 - Essa cartomante está me enganando. ( )

36 - Nem vou ligar para ele, homem não quer nada sério. ( )

37 - Nem vou ligar para ele, só tem gay no mundo. ( )

38 - Nem vou ligar para ele, ele só quer me comer. ( )

39 - Minha irmã é melhor do que eu. ( )

40 - A ex dele é mais gostosa que eu. ( )

41 - A atual dele é mais bonita que eu. ( )

42 - Não vou viajar pra praia, não tenho biquíni novo. ( )

43 - Não vou dormir com ele porque eu acho que ronco. ( )

44 - Acho que estou com bafo. ( )

45 - Acho que meu nariz é feio. ( )

46 - Fui mal na prova, me ferrei! ( )

47 - Fui péssima na reunião. ( )

48 - Acho que vou ser demitida. ( )

49 - Acho que estou feia. ( )

50 - Nem vou dar o meu telefone porque sei que ele não vai ligar. ( )

Obs.: Se você assinalou pelo menos 15 dessas frases, você é uma mulher inteiramente normal.

NA PONTA DOS DEDOS

Um dia, andando pelas ruas de São Paulo, uma mendiga me pediu dinheiro e dei cinco reais pra ela. Ela não tinha dentes, o cabelo estava maltratado, a roupa estava suja, mas suas unhas estavam impecáveis. Ela usava um esmalte rosa-choque.

Depois desse episódio, fui ao Shopping Iguatemi comprar um pó compacto da M.A.C. (pois tenho pele oleosa, resquício de uma infância pobre, que brilha muito durante as gravações externas) e, na hora de pagar, vi que a pessoa do caixa – uma moça meio *clubber*, meio *fashion*, meio serelepe – estava com as unhas pintadas de... amarelo.

No final de semana estava no *after* de uma boate gay/*underground* no centro de São Paulo, encontrei minha amiga Jennifer (com dois enes – travestis e transex sempre tendem ao exagero), ela estava linda de morrer, como sempre, e com as unhas pintadas de... preto.

Na segunda-feira estava passeando pelo centro de São Paulo, indo à Galeria do Rock, quando uma daquelas ciganas que querem ler a mão da gente a todo custo pegou nas minhas mãos, oferecendo uma leitura sobre meu futuro, sorriu com a boca cheia de dentes de ouro (vai saber se aquilo era ouro mesmo) e vi que suas unhas estavam pintadas de... vermelho.

Babado!
Pesquisa!
Luz!
Pasme!
Confusão!

Por que mulheres se preocupam tanto com as unhas?!
A mendiga estava desdentada, encardida, sem um puto

no bolso, mas estava com a unha pintada! Detalhe que a tornava igual à moça do caixa da M.A.C. e aos outros milhões de mulheres que se preocupam com a unha.

Já vi mulheres espremerem suas complicadas agendas para conseguir tempo para fazerem as unhas, seja na manicure ou em casa.

Prostitutas de zona do interior, entre uma espera e outra de um cliente caminhoneiro, lixam as unhas, e também quando o sexo está muito tedioso.

Na verdade, as mulheres se preocupam muito mais com as unhas do que com o cabelo, gordura, celulite, dentes e saúde.

Mas será que os homens reparam nas unhas?

Qual o homem que chega no boteco e fala:

– Cara, conheci uma mulher tão gostosa ontem, que unhas!

Ou:

– Não posso abandonar a Carla, as unhas dela me prendem!

Ou:

– Nunca houve unhas como as de Carla Perez!

Mulherada! Quem liga para unhas, a não ser vocês?

Você acha que um homem prefere um par de seios voluptuosos ou uma unha bem-feita, à francesinha?

Você acha que um homem prefere um bumbum sem celulite ou uma unha sem cutículas?

Por que as unhas unem todas as mulheres do universo?

Seriam garras imaginárias de uma águia ensandecida que carrega como troféu um pobre coração masculino?

Realmente não entendo.

Alguma mulher pode me responder, por favor?

NOVAS MANIAS DO
POBRE MODERNO

★ Ligar para um amigo para ver se cabe mais alguém no carro para descer a serra.

★ Ter depressão em janeiro por causa do IPVA.

★ Pedir para usar a piscina da patroa enquanto ela estiver viajando.

★ Inventar rifa no final do ano para faturar algum dinheiro.

★ Comprar revista de 1 real para saber o fim da novela.

★ Levar o adoçante da cafeteria.

★ Tomar banho de caneca porque não pagou a conta de luz.

★ Ter um rodo no box para mudar a temperatura do chuveiro.

★ Guardar documentos em caixa de sapatos.

★ Fazer campanha para vereador para ganhar saco de cimento.

★ Passar vinagre na cabeça dos filhos para matar piolhos.

★ Requentar o café para a visita.

★ No Natal, dar bala para as crianças porque é mais barato.

★ Falar alto ao celular no ônibus.

★ Dar um toque no celular do amigo para ele retornar.

SE BEBER, TOME ESTAS MEDIDAS

>>> Se beber, não dirija, mas pegue carona com um bofe escândalo!

>>> Se beber, não dê escândalo com aquela piranha que está dando em cima do seu namorado, apenas derrube "acidentalmente" a bebida nela.

>>> Se beber, não vomite, apenas chame o Hugo. Hugo é aquele segurança negão forte que já deixou suas amigas felizes em algumas noites.

>>> Se beber, não fale alto, não grite, não seja indiscreta, apenas sussurre sacanagens no ouvido daquele bonitão encostado no balcão.

>>> Se beber, não perca a comanda, mas dê um jeito para que aquele *nerd* a fim de você pague todas as suas bebidas.

>>> Se beber, não fale verdades para o seu namorado... Mas dê bastante bebida para ele falar as verdades para você.

>>> Se beber, não transe com qualquer um, pois cachaça e pernas abertas são inimigas mortais.

SIMPATIA PARA ATRAIR
O HOMEM PERFEITO

Em uma noite de sexta-feira, compre sete calcinhas vermelhas, que não podem ser de liquidação.

Não pague com cartão, tem que ser em dinheiro.

Antes de ir para a balada, tome um banho com mel, leite e cachaça pedindo um HH (Homem Hétero).

Depois vá colocando as calcinhas, com fotos dos seguintes artistas:

uma foto do Chico Buarque (inteligência)
CALCINHA 1

uma foto do Sérgio Marone (sensualidade).
CALCINHA 2

uma foto do Ricky Martin (molejo e dança).
CALCINHA 3

uma foto do Obama (poder).
CALCINHA 4

uma foto do Fábio Junior (lábia).
CALCINHA 5

uma foto do Faustão (dinheiro e fartura).
CALCINHA 6

uma foto do Roberto Justus (verdade e higiene).
CALCINHA 7

Depois de vestir as calcinhas, vá a 7 baladas e depois de 7 minutos vá deixando uma calcinha no banheiro de cada uma das baladas.

Vá para casa com a periquita "arejada".

Fique sem transar durante 7 dias.

Em um mês o homem perfeito vai aparecer.

Você irá triunfar!!!!!!!

EXERCÍCIOS DE BOBAGEM

Modelo que fica reclamando que tem que fazer regime é como prostituta que fica reclamando que tem que fazer sexo. São os ossos da alface!

★

Não existe sexo sem compromisso! Alguém tem que pagar a conta do motel.

★

A pior coisa que uma pessoa gordinha, lutando contra o peso, pode ouvir é a Gisele Bündchen dizendo feliz que come de tudo e não engorda nada. Que é magra de ruim! Tô falando que compensa ser do mal...

★

Falem mal, mas falem de mim. Mas, por favor, escove os dentes antes, porque fofoca com hálito podre não dá. Não alimente as bactérias. Escove os dentes.

★

Domingo é dia de missa... Missalva da ressaca!

Acredito muito mais em amor à primeira vista do que em comprar algo à vista.

★

Não acredite em sexo bom sem beijo quente. O beijo é o tempero do sexo, é o Sazon do tesão... É o caldo Knorr da luxúria...

★

Transar por transar é fácil. Difícil é mandar a pessoa embora às três da manhã.

★

Deus ajuda quem cedo madruga. Mas o mau humor dos motoristas de ônibus pela manhã acaba com tudo...

★

Beleza, sensualidade, dinheiro, poder... Tudo isso são armas poderosas, mas a maior de todas é a inteligência. E como tem pouca gente bem armada no mundo!

★

Quer emagrecer? Pergunte-me "como"!
Como nada, como ninguém e não sei como aguento esta vida...

★

OTIMISMO E CINISMO

A vida é bela, é legal, divertida e eu vejo um novo começo de era, de gente fina, elegante e sincera, como nas músicas mais otimistas de Lulu Santos.

Esqueça Racionais MC.
Esqueça o ônibus lotado, a goteira da laje nova e o preço do material escolar. Vamos pensar em coisas boas?
Medite nestes mantras:

Vou longe! Eu ainda vou mais longe que pobre procurando emprego!

Eu ainda hei de vencer... Vencer a preguiça de arrumar um novo emprego!

Eu acredito no futuro. Mas sem esquecer o meu passado. Até porque ele está estampado na minha cara.

Amanhã será melhor que hoje... Isto é, depende de quem acordar comigo na minha cama.

O bem sempre vence! O bem nascido, o bem criado, o bem relacionado, o bem indicado, o bem bonito...

Não chore por pouca coisa! Choro, sim! A pouca coisa era tudo o que eu tinha.

Nunca desista da vida... Nem dá! Seria um péssimo momento para morrer. Um velório tá pela hora da morte.

A felicidade vem de dentro. De dentro do banco, de dentro do cofre, de dentro da carteira...

O amor cura tudo! Não foi o que o médico do SUS me disse...

Sorria! Você está sendo filmado. E vai parar no PornoTube!

Agora alongue-se, respire fundo e sinta... Sinta o ar poluído invadir esse troço que você chama de pulmão.

Vamos lá, se espreguiçando... Abra os olhos lentamente e... AAAAAAAAAAAAAAAHHHHHHH!

Sim!
Foi com isso que você se casou!

RECEITA DE UMA
festa INFALÍVEL!

Festa é comida? Não!
Festa é bebida? Também não!
Festa é DJ? Depois do oitavo champanhe, Zé Pedro vira João Netto e vice-versa.
Festa é mistura de gente. Vou passar aqui alguns tipos humanos que não podem faltar em uma.

A recém-separada

Bonitona e recém-disponível, está louca para recuperar o tempo perdido, e o melhor, já perdeu algum peso e reencontrou sua melhor amiga no fundo do guarda-roupa: uma minissaia de tigresa no cio da África.
Ela vai dar o que falar, talvez mais dar do que falar.

O intelectual de teatro ou do botequim da esquina

Aquele chato de galochas que se acha profundo, e tudo, para ele, vira uma teoria do universo, das pessoas, do cinismo humano.
Geralmente feio, fumante ou bonito não assumido, tem sempre umas mulheres que caem aos seus pés, por causa do seu ar desamparado.
Vive rabiscando coisas, teorizando e com algum projeto.
Mas rende um bom papo; embora falastrão, tem ideias boas.

Garotão "cadimia"

Malhado, forte, animado, sempre indo ou voltando de algum treino, geralmente é *personal trainer* de alguém ou é algum tipo de atleta.
Enfeita a festa e dança bem.
Colírio para as meninas e gays.

Modelos

Um rapaz e uma menina modelos.
Dão um ar *fashion* à festa, e, no decorrer do evento, vão ficando divertidos, pois, como não comem nada, a bebida age mais rápido.
Talvez role algum escândalo ou bafo, mas isso fica no histórico da festa.

O mulherão

É aquela que tem o seu próprio negócio, geralmente sócia de uma amiga, que é "mulherzinha". Essa figura dança, bate papo e circula como ninguém.
Com roupas e bolsas de grife (tem dinheiro para isso), ela é descolada, vivida, viajada e está sempre com o melhor amigo.

Gay

Seja discreto, barbie, pintosa, urso ou mauricinho, festa que é festa tem que ter o amigo gay.
Ele é animado, conta piada, fala de moda, dieta, política, esporte (menos futebol), novela, *reality show* e o que mais você quiser.
Lembre-se de que gays têm assunto, porque, como não têm filhos, investem na carreira, em viagens e diversão, ou seja, vivem somente para si próprios.
E, mesmo que desiludidos, sempre se divertem.
Eita vidão.

O espiritualista, esotérico ou sensitivo

Ele ou ela olha fundo nos seus olhos e fala algo enigmático ou misterioso que deixa você com a pulga atrás da orelha no lugar do brinco de pérolas.

Ele sabe astrologia, numerologia e lê coisas na borbulha do Prosecco.

Só tome cuidado para não falar com ele a noite toda, porque esse é o tipo de papo que rende.

Casal normal

Casados há mais ou menos uns dez anos, ambos trabalham, ambos são divertidos, têm em média dois filhos e adoram uma cervejinha.

Ele faz aquele tipo animadão, que busca gelo, se precisar, e ela é uma mão na roda na cozinha.

Não estranhe se eles forem os melhores dançarinos da festa, afinal de contas, não é todo dia que os dois filhos ficam com a babá.

O famoso, o ex-famoso ou quase famoso

Gera assunto, tititi, fofocas e excitação.

É bom ter um contato assim, porque abrilhanta a festa.

Geralmente o famoso, ou quase, ou ex, fica meio que isolado, ou numa área meio que VIP (mesmo sendo a copa), causando movimento, curiosidade e uma deliciosa função.

O penetra

Só pode se for bonito, sexy e interessante.

MISTURAS QUE **NÃO** DÃO CERTO

O segredo da boa cozinha é saber misturar as coisas. Boas festas dão certo com a mistura certa de tipos de pessoas.

Mas tem certas coisas na vida que, mesmo tentando acertar a fórmula, não dão certo:

★ **Mulher carente e homem independente.**
Dá babado e a mulher sempre leva o pé na parte predileta do homem brasileiro.

★ **Mulher que quer seguir carreira e homem pegajoso e machista.**
Ruim, ruim, *bad* total.
Ainda mais se a mulher tiver mais êxito profissional que o bofe: tudo acaba em culpa e acusação.
Mulheres de carreira combinam com homens de carreira. Ou bofes dependentes... meio tedioso.

★ **Casal de namorados – um é rico e poderoso e o outro, pobre e orgulhoso.**
Alguém vai ter que ceder e provavelmente não vai ser o rico.
É mais fácil o pobre se acostumar com o estilo de vida do rico do que o contrário.
E, obviamente, se o rico gostar do outro, irá proporcionar coisas boas para a pessoa.
Resultado:
Ou o que está sendo bancado aceita a situação e aproveita ao máximo em todos os sentidos (aprender coisas, viajar, fazer contatos e lutar para crescer na vida) ou sempre vai se sentir humilhado.

Vale sempre, nessa situação, ser inteligente, esperto e divertido.

Charme pessoal vale uma fortuna.

Aproveite essa chance que a vida lhe dá.

★ **Gay angustiado e pais repressores.**

Se você é um gay que vive em um lar repressor, o que fazer?

Se mate de estudar na escola, leia, aprenda, descubra qual é o seu dom, para que, assim que puder, sair de casa e trilhar o seu próprio caminho.

Seus pais podem não aceitar você, e isso não faz deles vilões, é apenas uma incapacidade de lidar com o diferente.

Eles até podem não te entender. Mas, se você se entender, ajuda a lidar com a situação de maneira adulta.

E depois... se joga, *bee*!

Nada como dublar Lady Gaga pelado na própria quitinete.

RESPOSTAS CRETINAS PARA PERGUNTAS OU AFIRMAÇÕES ARROGANTES

Quem é você?

A amante do seu pai.
O pedreiro que pega a sua mãe.
Aquele que fez o seu irmão ver o mundo mais cor-de-rosa.

Qual é mesmo o seu sobrenome?

Essa é de quinta. Geralmente é feita por assessores de artistas que querem dar carteirada e mostrar poder. Nessa hora crie um sobrenome tradicional: Roberto de Camargo Leite Castro Souza e Silva Sampaio... Coratti (dê uma "italianada" no último pra incrementar). Duvido que a pessoa decore.

Você sabe com quem está falando?

Sei, sim, você já foi capa de revista, não? Já sei, da *Globo Rural*. Você era aquele cavalinho.

Você sabe quem é o meu pai?

Sei quem é seu pai, mas não me lembro do rosto, afinal, ele estava de costas...

Seu nome não está na lista.

Nessa lista não está, mas tente na lista de nomes da Serasa, na lista de ouro de alguma cafetina ou até na lista de inadimplentes dos imóveis da Caixa.

**Tenho uma casa em Maresias.
Meus pais têm casa em Punta.**

Mas por que você está me dizendo isso? Não trabalho na Receita Federal.

**"Uma vez, em Barcelona...",
"Certo dia, em Dubai...",
"Me lembro que em Paris..."**

Que emocionante ser comissário de bordo, né? Viaja muito.

NO BANHEIRO

Coisas que já aconteceram comigo no banheiro, lugar em que todos, em algum momento, se igualam.

★ Já apanhei com a mangueirinha do chuveiro no banheiro.

Como é um lugar pequeno, você não consegue fugir, portanto, lugar perfeito para mães loucas baterem em seus pimpolhos.

★ Já fiquei de castigo no banheiro, por ter aprontado ou por ter dado uma resposta malcriada para a minha mãe, ou por ter roubado algum chocolate no supermercado.

★ Já transei no banheiro.

Com ou sem o chuveiro ligado, no meu banheiro, no banheiro alheio, no banheiro público, no da balada, no do restaurante.

★ No banheiro li trechos dos livros de que mais gostei, li e reli gibis inteiros, e também li revistas de moda e de comportamento.

Aprendi muito no banheiro.

★ No banheiro eu já me escondi pra chorar, porque não queria chorar em público, e o banheiro, muitas vezes, foi a única testemunha de algumas fragilidades minhas.

Lá também me transformei em uma persona forte, pra encarar a noite, o medo, a insegurança.

★ Usei o banheiro muitas vezes, para virar Janeyde, ou Pedro Sonho de Valsa, ou Tião Zica ou qualquer outro personagem meu, que animava festas e chás de cozinha. Muitas vezes deixei o Evandro ali e virava outra coisa, mais alegre, mais animada, mais fervida.

★ Já vomitei no banheiro porque bebi demais.

★ Já acabei com o banheiro porque comi demais.

★ Já dormi no banheiro, porque numa época, bem distante, graças a Deus e às pessoas que me ajudaram, eu não tinha onde dormir.

★ Já encontrei inimigos nos banheiros da balada.

★ Já desisti de fazer loucuras, graças à luz forte do banheiro da balada.

★ E fiz loucuras porque vi melhor na luz do banheiro da balada.

★ Já twittei no banheiro.

★ Já fiquei bonito, depilado, barbeado, higienizado, perfumado e com autoestima no banheiro.

★ Muitas vezes, entrei péssimo no banheiro e saí de lá melhor.

★ Já fui fotografado no meu banheiro.

★ E, claro, já me escondi muitas vezes no banheiro, dos outros, de mim e do mundo.

★ Fiz amor comigo mesmo no banheiro, muitas e muitas vezes.

Diga-me que banheiro tens e eu te direi quem és

Você sabe reconhecer se o banheiro é de rico? E outros sinais para avaliar o dono do banheiro? O que devemos observar?

Vamos lá.

Se no banheiro houver sabonete líquido para lavar as mãos, a coisa é boa.

Se houver restos de sabonete, a coisa é boa também, afinal, desperdício não é legal.

Se a toalha de rosto combinar com as de banho, a pessoa é fina e de bom gosto.

Se você perceber um roupão, a pessoa é uma diva. Não existe nada mais diva que roupão!

Observe se os perfumes estão no banheiro.

Se houver mais de quatro perfumes importados: classe média.

Se houver mais de oito perfumes importados: classe média alta.

Se houver mais de doze perfumes importados: rica ou endividada, vai saber.

Se houver mais de vinte perfumes importados: deslumbrada, ninguém consegue consumir tanto perfume assim.

Se você perceber velas perfumadas e isqueiros no banheiro, é sinal de que você pode fazer o número 2 sem problemas, desde que acenda a vela momentos antes.

Escova de dente elétrica é sinal de beijo bom, pois a pessoa é supervaidosa com os dentes, já que essa escova custa uma graninha.

E bons dentes são, quase sempre, sinônimo de bom hálito.

Veja se o vidro do box está limpo. Tem que estar!

Observe se na pia existem restos de creme dental. Não pode!

Repare se tem duchinha ao lado do vaso sanitário (se tiver duchinha na suíte e o rapaz for solteiro, ui...).

E se tiver depilador elétrico...

Acho chique sabonete líquido e de barra no box. E vários xampus.

Agora, rodo no box não dá.

E aquele cesto de roupas sujas atrás da porta vomitando cuecas, ai...

ALGUNS PENSAMENTOS BONITOS PRA HOJE

>>> Nunca desista de seus sonhos. Se não tiver numa padaria, procure na outra.

>>> Não adianta fugir do seu passado. E, mesmo que consiga, a Receita Federal te acha.

>>> Nunca se esqueça: a beleza vem de dentro. De dentro de uma sala de cirurgia.

>>> Não importa quanto você tem na sua carteira... Sua mulher vai querer gastar tudo!

>>> A pobreza vem do espírito. Tem muito orixá aceitando cachaça de segunda categoria.

>>> Não adie decisões importantes e dramáticas: transe hoje mesmo com sua mulher!

>>> A vida não passa de um ônibus de bairro que faz a mesma volta todos os dias, enquanto as ruas ficam mais esburacadas e a passagem cada vez mais cara.

>>> Nunca deseje o mal a ninguém... Ninguém é obrigado a ter sua vida.

>>> Se a pressa é inimiga da perfeição, como é que pode nascer tanto coelhinho bonitinho?

>>> Um homem que mente uma vez mente duas. E uma mulher que acredita uma vez acredita duas.

>>> "Aqui se faz, aqui se paga." Parece cartaz de motel.

RESOLUÇÕES

Pode ser no começo do ano, pode ser no meio, pode ser depois de ler um livro inspirador, pode ser depois de um papo cabeça com uma grande amiga. A gente sempre inventa de querer mudar a situação e se prepara para isso fazendo promessas que são difíceis de cumprir. Veja algumas delas.

> **Vou frequentar a ginástica pelo menos três vezes na semana. Vou virar rata(o) de academia. Meus inimigos vão ver.**

Geralmente, essa aparece porque surgem bons e profundos motivos como estes:

- Sua inimiga está muito, mas muito gostosa e colocou peito.
- Seu marido lhe deu um pé na "Beyoncé" e trocou você por uma menina mais nova.
- Você se descobriu gay e viu que corpo, no mundo das boates, é moeda de troca.
- Você está solteira de novo e quer pegar vários.
- Madonna tem a idade que tem e olha o corpo da tia. Se ela pode, você também pode. Afinal, nem loira de verdade ela é.
- Você quer cobrar por sexo.
- Querem cobrar para fazer sexo com você.

**Serei mais pontual para tudo.
Não me atrasarei mais.
Serei um exemplo na *firrrma*.**

Isso só vai dar certo se você:

- Morar perto da *firrrma*.
- Dormir cedo e virar uma daquelas pessoas chatas que nunca vão a festas e dão "bafon".
- For chefe.
- Não tiver marido que ronca, filha adolescente que escuta som alto no quarto, filho que chora e empregada que transa com o porteiro.
- Malhar beeem cedo.

**Não terei mais relações destrutivas.
Darei valor a quem dá valor para mim.**

Bobagem. Os "cafas" são irresistíveis, transam bem e as periguetes também, fora que quando você tem uma relação louca e sofrida você sempre tem assunto. E ajuda a aumentar a sociedade dos "e se":

- E se ela não está apenas lutando contra o amor que sente por você?
- E se ele não se sente ameaçado pela sua força e coragem?
- E se ele não ficou traumatizado pela ex-mulher?
- E se ela não sente falta da mãe?
- O mundo das teorias não tem fim!

Vou economizar dinheiro.

E você tem para economizar?
Ou ganha só para pagar as contas e no máximo um dentista?
Acorda, Francesca.

Nem luz hoje em dia dá para economizar, afinal, você vara as madrugadas com o computador ligado na internet.

Terei um tempo só para mim.

Utopia.
Só se for no ônibus. Quem tem tempo hoje em dia?
Tempo é o verdadeiro artigo de luxo dos dias atuais.

Sei de uma mulher que, enquanto está no ginecologista, tem o pé feito pela pedicure.

MANUAL DO QUE
NÃO FAZER NO SEXO

Não faça a linha diretor de cinema
"Agora de pé", "agora de quatro", "agora geme" (a não ser que seja um sexo SM).

Não banque o(a) inseguro(a)
– É grande, não é? Fala pra mim que é grande.
Aí a pobre pessoa concorda que é grande e o outro retruca:
– Não é grande nada.
Ou então:
– Fala que eu sou mais gostosa que a Darlene.
O outro fala.
– Se eu sou mais gostosa que a Darlene, então por que vocês voltaram?
Gente, é sexo, não é terapia. Lugar de trabalhar inseguranças é no divã e não na cama.

Não vá soltando adjetivos a torto e a direito
Tem gente santa que adora ser chamada de "vagabunda".
Mas tem gente santa que não gosta de ser chamada de nada.
Tem gente vagabunda que adora ser chamada de vagabunda mesmo.
Mas tem gente vagabunda que não gosta de ser chamada de nada...
Cuidado com os adjetivos.

Sei de gente que parou tudo ali mesmo e foi embora. Comece com adjetivos leves e, se a pessoa der corda, vá apimentando aos poucos, para não passar da medida.

Não aceite problemas de química
O beijo tá ruim? A boca não encaixa?
Não sentiu a comichão nem o furor uterino?
Não vá, colega!
Se a pele "não bate", o couro não come, entendeu?

Não perca a linha
Se arrependeu do que fez? Não quer ver a pessoa nunca mais?

Quer enfiar a cabeça (a de cima) em um balde gelado com Pinho Sol? Faça tudo isso, mas não dê o telefone falso.

É tão anos 80...

BOBAGENS GLOBALIZADAS

Quando você sai à francesa de algum lugar, você sai sem dar tchau para o povo.

E como seria sair à argentina?
Sair sem dar tchau e ainda levar um perfume do lavabo.

E sair à americana?
Sair sem dar tchau e ainda fincar uma bandeira no jardim da casa.
A bandeira?
Americana, lógico.

E sair à boliviana?
Sair sem dar tchau e levar o aspirador com muito pó.

E sair à italiana?
Sair sem dar tchau e ainda arrumar um barraco na porta com o tio que vigia a rua.

E sair à inglesa?
Sair sem dar tchau, mas depois voltar, pedir desculpas e dar tchau.

E sair à alemã?
Sair sem dar tchau e ainda soltar um arroto na porta da casa.

E sair à brasileira?
Não sair.
Essa raça só sai quando acaba a comida!

MARCOS PASQUIM *em pelo*

Alguém já viu alguma novela do Pasquim em que ele não exponha os mamilos?

Ele é como o Hulk: sempre acaba sem camisa, cedo ou tarde!

Com ele a novela deveria se chamar "Peitos e Pelos"!

E qual é a evolução do homem, nesse caso?

Pasquim... Humberto Martins... Tony Ramos... Renato Aragão.

Itens totalmente indispensáveis para os meninos, os machos, os pegadores.

1

FIO DENTAL

Este salva a humanidade, para não deixar sua boca com cheiro de morte de morcega bandida.

Conheço caras que levam um pedaço de fio dental enrolado em um pedaço de papel higiênico e, depois do jantar, vão discretamente ao banheiro e fazem a faxina, colocando as bactérias de dieta!

Como nem sempre dá para levar um *nécessaire* (aquela bolsinha pequena em que se guardam itens de higiene e beleza, muito usada por homens que viajam bastante), um chicletinho depois vai bem, deixa o boy magia mais magia ainda.

Inclusive, vai aqui uma pergunta: como as pessoas conseguem sair de um rodízio de carne, de pizzas e até de sushi e ir transar sem escovar os dentes?

Afe, Jesus, me abana que o ar-condicionado pifou!

2
ESTAR PREPARADO MONETARIAMENTE

Faça um vale com o seu chefe, peça um dinheiro emprestado para o seu melhor amigo, tire um aqué (dinheiro na gíria gay) do banco e vá à luta.

Calcule quanto vai custar o trio do encontro perfeito: cinema, jantar e motel.

Com o cálculo, jogue vinte reais a mais em cada item para não passar carão (vergonha, vexame, na gíria gay).

Por mais que a menina seja moderna e ganhe bem, ela vai adorar ser cortejada por você, então, se quiser impressionar, coloque a mão no bolso, querido.

Depois, se a coisa toda rolar, vocês podem dividir as próximas contas, oras.

E, por favor, nada de cara feia se ela pedir sobremesa, se ela atacar os Toddynhos no frigobar do motel ou se ela quiser um vinho.

Por isso, leve a moça a lugares classe média. Lugares classe média, preços classe média.

3
LAVAR BEM O CARRO
NO DIA DO ENCONTRO

Também lave e lustre a moto, coloque os capacetes para tomar um sol e tirar aquele cheiro de "caspa cozida no creme rinse".

Recolha as roupas sujas, jogue fora os restos de comida e embalagens vazias e verifique se **não há nenhuma camisinha usada jogada** em algum canto do carro.

O carro é a extensão do boy magia, e as moças reparam nisso e em tudo o mais. Mulheres amam reparar nas coisas e depois criticar!

E, se o carro estiver uó (coisa ruim na gíria gay), elas provavelmente terão nojo de ter intimidade com você.

Portanto, arrase no lava-rápido ou faça a linha bofe de bairro gostoso, que lava o carro na porta de casa, sem camisa, ouvindo música e cantando.

PERIPHA DREAMS.

4

CUECA DE SAIR

Pode parecer coisa de pobre, coisa cafona, mas ter uma cueca para sair é fundamental.

Ou a cueca do crime, a cueca de pegação, ou a cueca de sábado, não importa.

O importante é ter aquela cueca que faz com que você se sinta um gatão, um pegador, um Bophe Escândalo (na gíria gay, lindo, maravilhoso, delícia, expressão avó da expressão boy magia).

Mulheres escolhem *lingerie* para o primeiro encontro. Escolhem cor, o tipo de renda ou algodão, o tamanho, logicamente. E tudo para deixar você louco.

Na dúvida, coloque uma branca de algodão nova.

Pode ser Calvin Klein, Zorba, Mash, UW, o importante é ser nova e bonita.

É proibido:

• Cuecas com elásticos frouxos. Aliás, **nada nessa região pode ser frouxo.**

• Cuecas furadas, rasgadas e outras coisas terminadas em "adas", se é que você me entende.

• Passar talco ou perfume na virilha ou no saco. Pelos aparados são sinal de higiene. Agora, se você quiser deixar totalmente careca, como os de atores pornôs ou *gogo boys*, fique à vontade. Dizem até que gera uma ilusão de aumento. Se é que você me entende.

5
NÃO SE COMUNICAR COM
O MUNDO EXTERIOR

Durante o cinema/jantar/motel ou sei lá o quê, pare de ficar olhando toda hora no celular e ficar mandando recadinhos para os amigos babões.

Sempre tem aquele amigo encosto (gente chata, na gíria gay) que fica mandando mensagem toda hora, com a pergunta boba e cretina: "E AE, MANO? JÁ PEGOU/ FINALIZOU/DEU O NOME?".

Além de ser uma cobrança babaca, tira a concentração, e o que seria um encontro vira uma olimpíada de "você tem que pegar a mina".

Ligue o celular só pra ver se tem algum recado urgente. Conferência, só no dia seguinte. E é algo totalmente dispensável. Mande os amigos curiosos correrem atrás do deles! E pronto!

6
SILÊNCIO

Se conseguiu pegar a menina, comente só com o seu melhor amigo, aquele que não vai espalhar, e olhe lá, porque as meninas odeiam comentários, fofoquinhas sobre suas performances sexuais, e quando um amigo conta para o outro, elas também comentam que você é um CAGUETA!

E com fama de cagueta, eu quero ver você pegar alguém.

E se não pegou, não invente que pegou. Nada pior do que um cara mentiroso-criativo.

Imagine se alguém começa a inventar e espalhar por aí que você pega gente que nunca pegou, você iria gostar? Ou começam a dizer que você fez coisas que nunca fez?

A VIDA COMO ELA É. OU QUASE

Pra que se matar? Uma hora a vida vai fazer isso com você!

Nesse calor o desodorante não vence nunca, é sempre derrotado.

Não perca tempo colocando silicone para agradar um homem se ele nem ao menos sabe a função do clitóris.

Encontrar um grande amor na balada, sábado à noite, é o mesmo que passar em Medicina, direto, vindo da escola pública e sem cursinho.

Realmente nada se compara ao calor humano do povo brasileiro. Quem pega trem, metrô e busão que o diga!

Coragem é fazer um striptease com calcinha e sutiã bege.

O ruim de ter personal trainer é que fica parecendo casamento: pelo menos três vezes na semana você tem que comparecer.

Deus sabe o que faz, mas quanto ao que estou fazendo eu não estou bem certo!

APAGAY é quando uma biba pobre e tonta leva um bofe tinhoso pra casa e ele coloca um "boa noite Cinderela" no Ki-Suco dela.

O perigo de dormir de conchinha é descobrir um molusco ao seu lado ao acordar.

Qual o resultado de um da mistura de um moço criado pela avó, um ódio de futebol e um som da Lady Gaga? Uma biba clássica.

O bom do calor é que a gente tem uma desculpa tonta pra tirar a roupa mais rápido.

Rapidinha Miojo: em três minutos está tudo pronto!

RAPIDINHAS
DA MODA

>>> Um bom sapato carrega um corpo cansado e levanta uma alma do chão.

>>> Nunca economize com uma bolsa: ela carrega sua identidade e seus segredos. Do seu RG ao vibrador.

>>> Cílios postiços piscando são pequenas carícias na virilha na hora do sexo oral.

>>> Meia-calça e rapidinha não combinam. Rapidinha combina com minissaia, cinta-liga, escada de incêndio e patrão.

>>> Bota branca só se for a Gretchen, Paquita, Madonna ou Lady Gaga. Ah, e sertanejo… universitário.

>>> Algumas mulheres na praia podem usar biquíni. Outras, *collant*. Algumas, *collant* com meia-calça. Outras, sem dúvida, burca. Outras, ainda: o interior de sua casa é sempre seu melhor amigo.

>>> Existe uma coisa que une a mulher casada, a solteira, a viúva, a evangélica, a prostituta e o travesti: a bolsa.

>>> Não adianta: o melhor acessório de uma mulher é um homem tonto e endinheirado pendurado no ombro delicado dela.

>>> Calcinha e sutiã bege são equivalentes ao papel higiênico não macio, não picotado e sem aloe vera, ou seja, não prestam.

NOVAS CORES DA MODA

Branco
1 - Branco manjar sem coco.
2 - Branco casal norueguês.
3 - Branco lâmpada fluorescente.
4 - Branco dente de leite.
5 - Branco absorvente íntimo.
6 - Branco Amarula balada.
7 - Branco prova de analfabeto.

Vermelho
1 - Vermelho sirene.
2 - Vermelho cereja panetone.
3 - Vermelho groselha me lambe.
4 - Vermelho cáqui promoção.
5 - Vermelho tragédia grega.
6 - Vermelho Cidade Alerta.
7 - Vermelho vergonha alheia.

Verde
1 - Verde Planet Hemp.
2 - Verde gripe chata.
3 - Verde lodo humano.
4 - Verde musgo piscina.
5 - Verde alface no dente.
6 - Verde fome de modelo.
7 - Verde quiabo babento.

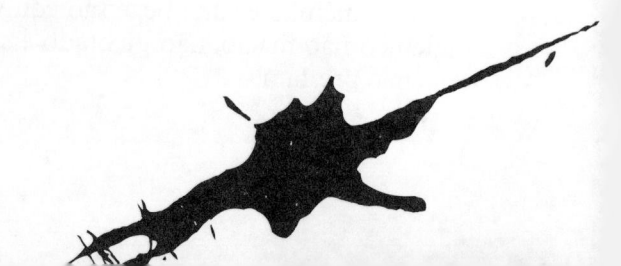

Azul

1 - Azul piscina pública.
2 - Azul calcinha de promoção.
3 - Azul barraca de pobre.
4 - Azul azulejo de motel.
5 - Azul paz interna.
6 - Azul Praia Grande.
7 - Azul lente de contato.

Amarelo

1 - Amarelo Hepatite B.
2 - Amarelo cera de ouvido.
3 - Amarelo ouro falso.
4 - Amarelo gato de rua.
5 - Amarelo meu pintinho amarelinho.
6 - Amarelo sorriso tártaro.
7 - Amarelo cabelo Joelma.

Preto

1 - Preto emagrece nada.
2 - Preto situação financeira.
3 - Preto olho de quenga.
4 - Preto Dark Room.
5 - Preto raiz sem retoque.
6 - Preto cárie infantil.
7 - Preto unha pisada.

AGENDA DE Gisele

7h45 — Acordo e Brady me beija com ternura. Não tenho mau hálito de manhã, sou perfeita. Estou regozijada.

8h15 — Acabei de dar de mamar, meu leite é muito incrível: leite tipo A+ desnatado.

9h15 — Como duas barras de cereais irlandesas da marca BonnoU2. E tomo meu café descafeinado cubano. O preferido de Fidel.

9h45 — Começa minha aula de ioga, que mescla jazz com sapateado e boxe. Vou estrear minhas luvas Hermès.

11h — Tomo um banho energizante à base de chá verde e sabonete de *funghi* (novidade e sucesso) e enxugo meu magro corpo com toalhas da Tunísia.

12h30 — Minha *booker* acabou de me ligar. Prada me quer. Não quero! Dos italianos, só Dolce e Versace.

14h – Deixo meus filhos na creche francesa e hebraica (quero eles poliglotas) e corro pra fotografar pra campanha de Marc Jacobs. Disse "Marc Jacobs", e não "Marc by Marc Jacobs".

15h35 – No meio da sessão de Marc, a grife Khelf (brasileira) me manda uma proposta milionária. Recuso educadamente, em inglês (ando esquecendo muito o português). É muito difícil para mim conseguir escrever Brazil com S... Ah, errei de novo!!

16h15 – A grife Khelf (brasileira) dobra a proposta. Recuso educadamente, sou fiel ao meu marido e à Colcci.

17h – Quase no fim da sessão, Marc Jacobs me oferece champanhe, não aceito. Incha e me dá vontade de arrotar. Tops não arrotam.

18h45 – Já se passaram 45 minutos do tempo combinado. Cem mil dólares de multa. Ótimo. Com esse dinheirinho a mais vou comprar um berço novo.

19h15 – Prada me liga de novo! Recuso. Miuccia não sabe lidar com o não. Italiana feia e chata! Donatella é feia, mas pelo menos é legal e me dá roupas além do meu cachê.

20h10 – Minha babá Zulmira, arretada que só (vinda de Caicó), traz Benjamin. Ele está lindo! Puxou a mim.

21h – Vou para um restaurante novo, incrível, no Queens, inspirado na cozinha grega primitiva, só que lá se quebram xícaras. Vou de salada e peixe. Brady pede arroz selvagem com manga verde.

22h – Prada me liga novamente. Ignoro. Armani me liga em nome da Prada. Digo não em francês.

23h15 – Brady quer comer uma sobremesa em Chelsea. Recuso, fotografo amanhã para a Calvin Klein. Os americanos pagam melhor. Mas acompanho ele. Gays me reconhecem e gritam meu nome. Sorrio e digo alô em russo. Chego ao meu tríplex, faço um chá de hortelã de salto alto, Jimmy Choo... não gosto de Louboutin.

23h50 – Leio a *Bíblia*, leio a *Vogue*, leio gibi da Mônica, leio a Torá. Jogo tarô para mim mesma, vejo muito dinheiro e dieta em um futuro médio.

00h15 – Dou de mamar. Coloco Norah Jones para o bebê dormir, ele ama. Norah Jones é tão *vintage*! Brady me espera na cama... Daqui por diante não falo mais nada... Nem escrevo (gargalhadas em aramaico).

AGENDA DA MODELO C

7h — Acorda com o despertador da loja de R$ 1,99.

7h30 — Toma água da torneira, pois a água do bebedouro acabou e a menina que é responsável pela compra está no Japão.

8h00 — Toma um café com Lactopurga, corre para o banheiro e já toma banho, porque a menina que compra o papel higiênico está em Nova York.

9h30 — Abre a geladeira e come meia pera, que é da modelo que foi para Milão, e toma um Yakult vencido, já com lactobacilos mortos.

10h30 — Passa o *gloss* de morango *diet* e corre para o *casting* de Reinaldo Lourenço.

11h30 — Chega no *casting* de Reinaldo Lourenço, é chamada de gorda, não pega o trabalho e chora, porque chorar desincha.

12h — Pega o ônibus para o *casting* de André Lima, não é escolhida, mas rouba um suco Del Valle intacto que vai parar na bolsa Prada que ganhou de um *booker* amigo.

12h30 – Vai no McDonald's, come só um hambúrguer do McLanche Feliz e cheira a batata, porque dá barato e satisfaz.

13h – Corre para o casting do Brás Fashion Week e pega quatro desfiles a R$ 300 cada um. Na verdade, R$ 250, porque R$ 50 irão para a agência que a chamou. Do total, R$ 200 vão para a mãe no Sul, R$ 250 para sua parte do aluguel do apartamento, na república em que mora. Outros R$ 250 vão para o tratamento contra as espinhas que fez. E mais R$ 200 para as despesas do apartamento.

14h – Corre para a academia na qual tem permuta e onde só pode entrar até as 16h. Faz aula de *spinning* pela metade, senão desmaia.

15h – Vai para o apartamento e come um Miojo.

17h – Faz recepção de um evento de uma nova tequila da Croácia, mas a agência não pode saber, pois diz que queima o filme da modelo, mas são 90 reais livres, na mão.

21h30 – Sai do evento da nova tequila da Croácia e vai para casa. Encontra a nova modelo de Goiânia transando com o novo modelo de Teresina em cima do seu beliche, dá escândalo, chora, pensa em ligar para a mãe no Sul, mas está sem crédito no celular.

22h – Toma uma Fanta Uva diet com duas aspirinas.

23h – Dorme olhando o pôster da Gisele Bündchen na parede.

JOGO DA CAFONICE

1 - Se o rapaz estiver de calça jeans básica, camiseta branca, mocassim italiano e óculos Ray-Ban tipo aviador, AVANCE 4 CASAS!

2 - Se a moça tiver perna curta, for baixinha e usar meião com minissaia tipo Velma, do Scooby-Doo, RECUE 8 CASAS.

3 - Se o rapaz usa bermuda de surfista, camiseta largada, chinelo de dedo, óculos de surfista e tiver um corpo bonito e saudável, AVANCE 10 CASAS.

4 - Se a moça coloca calça jeans apertada com os culotes pulando para fora e pega o ônibus com o cabelo pingando creme, RECUE 12 CASAS.

5 - Se a garota colocar um pretinho básico, uma sandália prata de salto alto, uma bolsa Chanel preta (pode ser imitação) e o cabelo preso, ou em um coque ou em uma trança, AVANCE 20 CASAS.

6 - Se a madrinha de casamento ornar sombra verde com vestido verde e sandália verde e bolsa verde, RECUE 20 CASAS dessa fotossíntese ambulante.

7 - Manga bufante, decote princesa e cabelo sem retocar a raiz, RECUE 12 CASAS.

8 - Pochete, mesmo que você seja lésbica: RECUE 20 CASAS E NÃO SAIA MAIS DALI.

9 - Chinelo de dedo com meia para ir à padaria em dias de frio comprar pão e leite, RECUE 9 CASAS E SE MATE EM SEGUIDA.

10 - Terno dois números maior que você pediu emprestado ao primo manobrista para ir ao casamento da vizinha que vai casar grávida, RECUE 11 CASAS COM MUITA VERGONHA NA CARA.

11 - Piranha no cós da calça (pode ser piranha Chanel, Prada ou Versace), RECUE 53 CASAS.

Obs.: NÃO ESQUECER QUE PIRANHA NO CÓS DA CALÇA É EQUIVALENTE A POCHETE, QUE TANTO ODIAMOS.

12 - Calcinha e sutiã de algodão branco, após um banho gostoso, deitada na cama, fazendo a gatinha manhosa, AVANCE 10 CASAS E FECHE A PORTA DO QUARTO.

Obs.: Você começa a se vestir bem quando perde o medo de se olhar pelado no espelho, de dia, na realista luz do sol.

CONHECE O TEU SIGNO
COMO A TI MESMO

Áries

Áries é um signo irritante. Barraqueiro. Mandão. Mimado.

É o primeiro signo do Zodíaco, então é a criança, é o que dá o impulso, e seu elemento é o fogo. Por ser a criança, é o pentelho, o birrento, o chato.

Áries é o que inicia, é o pioneiro, o precursor e um líder nato. Tem muita energia, é dinâmico, ousado e gosta de romper limites.

É muito fácil fazer um ariano de bobo. É só dar a ilusão de que ele está no comando, no poder. Finja que ele está certo e depois, pelas costas, faça as coisas do jeito que você imagina.

Pessoas de Câncer e Escorpião fazem isso direitinho. Capricórnio, quando quer o poder, também. Ou seja, sempre.

Arianos, na parte profissional, quase sempre se dão bem, pois têm energia e iniciativa. Mas podem ser muito competitivos e, quando contrariados, costumam meter a mão na cara.

Na cama, são tão fogosos que cansam a gente. Querem quantidade. Chega a ser irritante. Você quer assistir à novela, e ao seu lado está lá o ariano com olhares de volúpia querendo entrar em ação...
São os reis das encoxadas em ônibus, das cantadas no trânsito.
É sempre aquele açougueiro bagaceiro que passa aquela cantada imunda na feira.

Mas quando estão apaixonados, ficam loucos, entram na sua vida, dão palpites sobre seus amigos, sobre a decoração da sua casa, e planejam fazer tudo juntos. Se deixar, um ariano assiste à sua depilação de virilha.

A mulher ariana é brava, independente e dona de si.
Muitas não casam, porque não suportam a ideia de um homem mandando nelas. Geralmente são líderes em empresas ou têm o próprio negócio.
Sabe aquela amiga pra quem você pode ligar às três da manhã, que ela topa ir a um forró? É a ariana.
Ela pode acordar às seis da manhã, ir para a ginástica, trabalhar o dia todo, fazer inglês no almoço, chegar em casa, limpar a cozinha, estudar com as crianças, transar com o marido, espancá-lo em seguida (principalmente se for de Peixes ou Libra) e depois pedir desculpas, ler um romance e finalmente ir dormir. Quanta energia!

Pessoas de Áries famosas

Homens
Cazuza, Ayrton Senna, Lima Duarte, Antônio Fagundes, Roberto Carlos, Charles Chaplin, Marlon Brando.

Mulheres
Adriane Galisteu, Xuxa, Ana Maria Braga, Sarah Jessica Parker, Diana Ross, Billie Holiday.

Grifes que combinam com esse signo

Pensando na movimentação constante desse signo e na falta de paciência, vamos lá:

Internacionais – Calvin Klein, Donna Karan, Ralph Lauren e Hugo Boss (arianos de terno ficam machos demais).

E no Brasil? Osklen, Fit, Cia. Marítima, Track and Field e Maria Bonita.

Touro

Meus quatro melhores amigos são taurinos. Então posso dizer que conheço a raça. E que raça! E são amigos de longa data. Como são as amizades taurinas: sólidas.

A primeira coisa que me vem à cabeça é o egoísmo. Touro é muito egoísta. Só consegue ver as coisas sob o seu ponto de vista. E pronto! Ele está certo, sua opinião tem mais peso. E o pior é que não costuma mudar de ideia.

O bom de Touro é que ele sempre tem um dinheirinho. Sempre. E se ele empresta ou te dá algum, colega, é porque ele gosta muito, mas muito de você. Porque se tem uma coisa que Touro defende é o seu dinheiro.

Coincidentemente, quase todas as minhas viagens internacionais foram bancadas por dinheiro taurino.

Mas paguei tudo, viu?

Até porque se não pagasse eles cobrariam.

Touro ama prazeres: sexo, comida e dinheiro.

Um taurino sem sexo fica amargo.

Um taurino sem dinheiro fica mal-humorado.

E um taurino sem jantar quebra a casa toda.

Mas é mais que isso.

Seu dinheiro tem que significar contas pagas e algum investido. Ele adora ligar nos *banklines* da vida, para ver quanto tem, quanto rendeu, quanto sobrou. Ama cheirar notas novinhas. Não confia muito em débitos automáticos. Bom, nem eu... Odeia perder as coisas.

O sexo do taurino não pode ser qualquer sexo. Não gosta de rapidinhas. Desse papo de "ali na escada de incêndio" ou "vamos ali atrás da moita" ele não gosta. Gosta do sexo lento, em uma cama boa, sem demora, e ama sexo oral. E cuidado com o beijo taurino. Apaixona!

Ama comida decente. Não me venha com sanduíches, Big Macs, Tang etc. Ele quer arroz, feijão, um senhor filé, salada, sobremesa, talheres, suco, aperitivo, bebidinha.

O taurino também é ciumento demais. Porém, odeia sentir ciúmes. E sua vontade de não ter ciúme é engraçada, porque transparece. Se está casado, mesmo o casamento estando ruim, ele vai demorar para abandonar o barco, se abandonar. Então, meu bem, se você for amante dele, sempre será a amante. Mesmo ele te amando mais que a oficial. Mas o legal é que ele costuma ter a oficial e a esposa. Não galinha por aí. Tem preguiça de caçar. Que bom, né?

O complicado é que o planeta que o rege é Vênus. Então, se o taurino não for lindo, é, no mínimo, sexy. E se não for bonito, é rico, o que para muitas mulheres é o mesmo que bonito.

A mulher taurina é muito, mas muito feminina. E também é firme e teimosa. Sempre trabalha muito, adora a boa vida e dá um duro danado para isso, porque ama o conforto.

Se houver uma taurina morando em uma pensão com mais oito no quarto, a cama dela, no beliche, vai ser a de lençol mais limpo, sua toalha será a menos encardida e seu sabonete o mais cheiroso.

A taurina ama namorar, mas, como pensa em relação sólida, escolhe bem e avalia se o moço tem futuro na repartição em que trabalha.

Se namorar um desempregado é porque caiu nas mãos de um sagitariano safado e bom de cama, ou de um leonino xavequeiro que sabe falar baboseiras à luz do luar e da poluição ou de um pisciano com olhar distante e mãos espertas.

Mesmo assim, ela sempre terá um trocado na manga. E na barra também.

Se você conhecer um taurino negativo, cuidado. Ele vai te massacrar. E o pior, nem vai se comover. Lembra? Ele é um egoísta.

Quer feri-lo?
Fique mais rico ou rica que ele.
Viu como é difícil atingi-lo?

Ah, grandes gigolôs e cafetinas são de Touro. É sério! Só perdem para o povo de Peixes.

Ah, taurinos não acreditam em signos. São muito pés no chão. E que pés eles têm.

Pessoas de Touro famosas

Homens
David Beckham, George Clooney, Rodolfo Valentino, Enrique Iglesias, Shakespeare, Freud, Bono e nosso querido Faustão.

Mulheres
Penélope Cruz, Cher, Eva Perón, Uma Thurman, Barbra Streisand e nossa eterna Tieta Betty Faria.

Grifes que adornam esse signo

Qualidade, durabilidade e luxo. É o que importa.

Fendi, Louis Vuitton, Chanel, Cartier e Valentino.

E as nacionais: VR, Richards, Carmim, Cori, Carlos Miele, Isabela Capeto.

Gêmeos

Ele pensa mil coisas ao mesmo tempo, começa dez e termina meia.

Porém, no meio disso tudo, sai uma ideia maravilhosa, algo louco e inédito.

É exatamente assim a personalidade, o ritmo e o cotidiano do geminiano.

Um ser capaz de parar o sexo com você só para ver um novo clipe da artista preferida, e depois voltar com o mesmo fogo de antes, enquanto você ainda está enxugando as lágrimas.

O povo de Gêmeos tagarela muito. E não consegue guardar segredo. Se quiser prejudicar alguém, solte um veneno para o geminiano e ele vai espalhá-lo, como se fosse a imprensa marrom.

Caso você esteja perto de um geminiano numa festa, é possível que você veja esta cena: ele ali dançando, pulando e, do nada, fica quieto, sério e vai embora... É o seu outro lado entrando em ação. Gêmeos é um signo duplo, assim como Sagitário e Peixes. São os chamados signos mutáveis.

É o signo que melhor representa a TPM.

O geminiano é inteligente porque absorve tudo muito rápido, mas odeia se aprofundar nas coisas. Ou seja, tá mais para absorvente do que para vibrador.

Dizem que Gêmeos é falso. Não é. Apenas muda rápido de ideia. Corretores de imóveis se irritam com esse signo.

O homem geminiano tem sempre muito o que fazer, muitos amigos, muitas atividades e pode até ter duas namoradas, porque esqueceu-se de terminar com a outra. Mas não tenha pena, mate-o do mesmo jeito.

Geminianas são lindas, femininas e ágeis. Grande parte das modelos é desse signo, talvez por isso se adaptem ao dia a dia da profissão, cheio de mil testes, viagens, dietas, vômitos, ai...

Tenho um amigo geminiano que demora três horas para malhar, porque fala com toda a academia. Tenho outro amigo que é geminiano, judeu, e fala japonês fluentemente. E tenho um outro que era músico formado, virou arquiteto, já foi motorista e ataca de corretor de imóveis. Entendeu?

Ou seja, com o talento bem canalizado, vão longe... E alguém lá sabe canalizar talento?

Pessoas de Gêmeos famosas

Homens
Johnny Depp, Lenny Kravitz, Prince, Bob Dylan, Boy George, Sartre, príncipe William.

Mulheres
Elizabeth Hurley, Kylie Minogue, Angelina Jolie, Brooke Shields, Jewel, Marilyn Monroe, Alanis Morissette e nossa engraçada Débora Bloch.

Marcas que piram o geminiano

Gringas: Marc Jacobs, Miu Miu, Jil Sander, Jean Paul Gaultier e, para homens, Levi's e Dsquared.

Nacionais: Forum, Ellus, Hering, Carlota Joaquina, Zapping, Amapô e Zigfreda.

E para as geminianas bem descoladas: Walério Araújo.

Câncer

Câncer é chorão.
Câncer se magoa com facilidade.
Câncer é manipulador.
Câncer sempre tem dinheiro escondido.
Câncer é um signo da água, regido pela Lua, e é um signo feminino. Ligado à família, a valores tradicionais e ao romantismo.
Resumindo: uma caretice só.

Câncer fica magoado com qualquer bobagem e fica remoendo essa bobagem e um dia, do nada, no meio de uma feijoada com amigos, ele solta o verbo:
– Aquele dia você não me ofereceu pastel. Você é egoísta, não pensa nos outros.
E você fica ali pasmado, tentando entender aquilo.
O canceriano é o mestre em soltar aquela frase: "Depois de tudo o que eu fiz por você...".
E você ficará com o peso na consciência, sentindo-se um personagem do filme *O Albergue*.
Mas é exatamente aí que reside a força do canceriano. A força da manipulação.
Com esse jeito de coitado, de calado, de "na dele", ele consegue empregos, amigos, amantes e vai acumulando conquistas.

Câncer adora acumular, guardar, colecionar. Sempre tem um dinheiro guardado, um dinheiro que ninguém sabe que ele tem.

E Câncer é pão-duro.

Mas também é muito dedicado à família.

É sempre aquele filho que vai à feira com a mãe, é sempre a menina que limpa a casa, é sempre o enteado que vai ao Bradesco para a madrasta.

E também é aquele signo da pessoa que te deixa dormindo sozinha no motel porque não pode dormir fora de casa.

Câncer adora namorar, e é bom que o faça, porque Câncer sem namoro firme é farra na certa.

O lado B do canceriano é quase um lado C, colega: adora bordéis, saunas e esses lugares modernos tipo... ahn, bem, aqueles frequentados por casais.

Mas quando namoram eles são românticos, protetores e sensíveis.

E cuidado com o olhar de peixe morto dele, porque seduz todo mundo.

Adoram ficar em casa e, se possível, pegariam o telefone para pedir balada *delivery*, de tanto que gostam de ficar em casa de moletom, arrastando os chinelos.

É também aquela pessoa insuportável que demora meia hora no banho e, quando sai... dá-lhe vapor.

A mulherada canceriana é delicada, feminina e tem aquele ar maternal.

Sempre comanda a família e consegue arrancar dinheiro do marido.

Com as futricas certas, sobe rápido na empresa.
Aliás, trabalha muito e bem e é astuta.
Cancerianas sempre sobem de cargo.
E são meninas para namorar.
Se fossem prostitutas, seriam por pouco tempo.
Nasceram é para a cafetinagem.

Pessoas de Câncer famosas

Homens
Tom Cruise, tom Hanks, Harrison Ford, George Michael.

Mulheres
Gisele Bündchen, Liv Tyler, Pamela Anderson, Meryl Streep, Courtney Love, Cindy Lauper, Missy Elliot. Ah, e sua tia solteirona.

Grifes que ornam com esse signo

Internacionais: Oscar de La Renta, Prada, Blumarine, Missoni, Max Mara, Hermès, Lanvin, Gap, Banana Republic e Zara (estas três últimas porque têm roupas de ficar em casa).

E no Brasil: Ricardo Almeida, Marie Toscano, Walter Rodrigues, Iódice, Reinaldo Lourenço, Mash (cuecas), Duloren, A Mulher do Padre e muito brechó.

Leão

Amo esse signo. Amo. Queria ser leonino. Me dou muito bem com pessoas desse signo.

Leão é o líder, o rei, o brilho, mas, inseguro, precisa de adornos e mimos, senão sua autoestima fica igual à de uma ameba na quaresma.

Quer levantar um leonino? Elogie-o, finja que a opinião dele é a suprema e que, sem ele, sua vida seria vulgar e miserável, típica de personagem secundário de novela do SBT.

Quer derrubá-lo? Ignore-o, zombe dele, ria das suas roupas e modos exagerados, não aceite suas verdades prontas e você verá esse felino louco, chorando por tudo quanto é canto.

Leão é bem generoso, sempre dá um bom presente.
Mesmo quando pobre, ele se destaca pelo bom gosto e pela ambição.
Ele sempre será (junto com seu irmãozinho taurino) aquele que venderá as garrafas velhas do quintal para comprar a linda roupa para o baile da escola (enquanto o irmão taurino guardará o dinheiro).

Leão, quando decide conquistar algo ou alguém, é um inferno, porque ele consegue, porque te cerca, te segue, perturba.

Sabe aquele magrelo galanteador que te liga toda hora e se acha?

É um Leão...

Aí, de raiva, cansaço e curiosidade, você cede só por um pouquinho e descobre que o beijo dele é bom, que ele é carinhoso e, quando você percebe... é toda dele. MEDA!

Leão também é ciumento, dramático e cheio de barracos.

Cuidado com amantes leoninas. De alguma forma, elas conseguem se tornar as primeiras-damas, até porque não suportam a hipótese de serem a segunda opção.

Frases bem típicas de Leão:
"Vou te dizer uma coisa...".
"A verdade é que...".
"Vou te dar um conselho".
"Posso falar?".
E por aí vai.

As leoninas são rainhas de tudo, o pobre homem que estiver ao seu lado será sempre um súdito, porque elas são bravas, gastadeiras e querem atenção o tempo todo.

Manhosas, adoram criar um conflito só para, no final, ganhar no debate. Mas em geral são fiéis, dedicadas e muito fogosas.

Egoístas, podem desequilibrar os parceiros com ciúmes e exigências.

Mas, no geral, esse signo, quando está equilibrado (ou seja, no comando de tudo), é cheio de vida, calor e humor.

Pessoas de Leão têm ambição, trabalham bem e, sim, querem ser reconhecidas.
Amam aparecer, amam o destaque, o palco, a vida.
Não existem muitos leoninos por aí. Até porque realeza não se acha em qualquer esquina!

Na firma, sobem de cargo rápido, e no refeitório sempre estão ao lado da chefia.
E, mesmo que seja um mecânico, com a roupa toda suja de graxa, o cabelo estará impecável: todo Leão tem uma relação forte com o cabelo.

Leoninos famosos

Madonna, Mick Jagger, Caetano Veloso, Jeniffer Lopez, Sean Penn, Emílio Surita, Jackie Onassis, Coco Chanel, Daniela Mercury, Elba Ramalho, Fábio Assunção e ainda aquela sua tia que fala alto e usa roupas exuberantes e decotadas, mesmo tendo 58 anos.

Grifes que combinam com esse signo

Internacionais: Versace, Dior, Valentino, Pucci, Lacoste, Victoria's Secret, Vivienne Westwood, Halston e Adidas.

No Brasil: G (Gloria Coelho), André Lima, Tufi Duek, Maria Helena Lacerda, Fernando Pires.
Ou *vintages* de Dener e Clodovil.

Virgem

Faz de conta que você tem uma empresa e acha que o seu sócio está te roubando. Para ter certeza você terá que mexer em todo o complexo livro-caixa, pesquisando os últimos três anos da vida contábil da empresa. Que chato, não?

Não para um virginiano.

Minúcias, detalhes, cálculos complicados, deixe tudo para ele.

O virginiano é muito organizado, e não só no sentido de ter casa impecável e limpa, mas também em termos de organização mental.

A capacidade de concentração dessas pessoas é impressionante, então, se você resolver mentir para elas, espero que seja bom, porque elas vão somando detalhes, expressões faciais e vão dizer friamente na sua cara: "Você mentiu!". E vão explicar o porquê.

Dá ódio. Não se esquecem de nada, anotam tudo, conseguem ser pontuais e obedecer à rotina de uma maneira perfeita.

Olha só a agenda de um virginiano típico:

7h15 – o despertador toca e o virginiano reza, não se esquecendo de agradecer o aumento que ganhou e os três quilos que conseguiu perder.

7h20 – o virginiano vai para o banheiro e faz xixi, em seguida cocô, usa sete vezes o papel higiênico (mesmo sabendo que tomará banho em seguida) e aperta duas vezes a descarga, pois tem pavor de resíduos.

7h25 – o virginiano entra no chuveiro, molha bem o cabelo e, depois de bem molhado, ele passa o xampu, esfrega bem e, enquanto o xampu age, ele escova os dentes com a escova elétrica.

Enxágua os cabelos e a boca e repete as duas operações (cabelos e dentes) por mais um minuto e novamente enxágua. Não passa condicionador porque só usa dia sim, dia não. E hoje é o dia do não.

Em seguida esfrega com a esponja vegetal as partes mais ásperas do corpo (cotovelos, calcanhares, joelhos) e depois, com o sabonete antibacteriano, ele lava as axilas, as solas dos pés e as partes pudendas.

Depois lava o restante do corpo com o sabonete líquido hidratante e enxágua tudo com água fria porque tonifica os músculos.
Sem medo de ser feliz, lava o rosto com o sabonete para pele mista.

Depois...

E por aí vai.

Quando o assunto é sexo, os virginianos usam o lado B: rola muito beijo molhado, saliva, palavrões, tapas, ou seja, o chamado "sexo sujo", porque é ali que eles se soltam.

Não se esqueça de que todo mundo tem um lado B, mas o do virginiano é quase C.

As mulheres são excelentes esposas e namoradas, mas são exigentes demais, detalhistas, do tipo que, se o coitado deixar a toalha molhada em cima da cama, ela surta.

São excelentes executivas, secretárias, médicas e cobradoras de ônibus.

Quando discutem a relação, é péssimo, porque fazem um apanhado dos últimos cinco anos, sem perder nenhum episódio de briga e ofensas, repetindo até frases e insultos.

O virginiano em geral é bem asseado. Se você estiver na cama com algum deles e estiver com mau hálito, chulé ou um cheiro forte debaixo do braço, ele fala na sua cara e manda você para o banho.

Se você quer um sexo de filme pornô, pegue alguém desse signo. O que é excitante, pois eles têm uma aparência distinta e tímida, mas... ui!

E, claro, com muita higiene.

E têm todos os remédios do mundo. São hipocondríacos.

São capazes de tomar Imosec antes da feijoada.

Pessoas famosas de Virgem
(a Sandy não é desse signo, viu, gente?)

Homens
Hugh Grant, Sean Connery, Tony Ramos.

Mulheres
Cameron Diaz, Greta Garbo, Marina Lima, Claudia Schiffer, Agatha Christie.

Grifes que combinam com esse signo

Internacionais: Yves Saint Laurent, Givenchy, Armani (pelo bom gosto e qualidade), Balenciaga (pela arquitetura impecável da roupa), Burberry, Celine, e as obras de arte que são os sapatos do Jimmy Choo.

Nacionais: Huis Clos (a roupa dela é clássica e distinta), Isabela Capeto (pelos bordados e detalhes), Vivara, Daslu (tanto homem quanto mulher), Sergio K, Ricardo Almeida, Marie Toscano, os vestidos de noiva do Junior e ternos que só aquele alfaiate do seu pai sabe construir.

Libra

Libra é considerado o signo da justiça. Da beleza. Da arte. Da música. Enfim, uma viadagem só.

O que dá mais raiva nesse signo é que o seu planeta regente é Vênus, o planeta do amor, que também rege Touro.

Por isso é tão fácil encontrar pessoas lindas de Touro e Libra.

E Libra persegue a beleza. O libriano pode morar debaixo da ponte, mas no cantinho vai ter um copo de requeijão cheio de água com uma margarida, só para ele ter algo belo para olhar ao acordar.

É muito comum gente de Libra cair nas garras de periguetes lindas e gigolôs irresistíveis, porque ficam atrás do que é bonito, e se outras pessoas próximas ao libriano também acham belo, piorou.

É aquele típico rapaz que tem uma namorada bonita e a leva até no futebol, só para mostrá-la aos outros.

Libra também tem uma mania chata de seduzir Deus e o mundo e depois não sabe o que fazer com a vítima, então é muito comum que tenha muitos relacionamentos ao mesmo tempo, até que uma das vítimas perde a paciência e lhe mete a mão na cara (geralmente uma ariana ou leonina ensandecida).

E fica horas numa mesma questão: "Mas se formos ao motel, não acordaremos cedo para comer o pastel da feira.... Mas se acordarmos cedo para comer o pastel, não iremos ao motel, e acho que precisamos transar... Mas também, se formos à feira, não sei se é legal, porque você está de regime. Mas no motel tem TV, então poderíamos ver o *Supercine*... Mas também..."
E segue a chatice que dá nos nervos.
E quando Libra se decide, afe, dá-lhe romantismo melado.

No meio do sexo, o libriano quer parar e olhar nos seus olhos e inventa de acariciar seu corpo com uma rosa.
No meio de um jogo de baralho ele quer que você pare, porque a Lua está linda. No final da novela, ele resolve dizer que te ama. Coragem!

É muito comum librianos casarem-se muito cedo, porque acharam que aquele amor que pintou no alto de uma roda-gigante era para sempre.
É normal que se casem várias vezes. Portanto, é bom que fiquem ricos, porque terão muitas pensões para pagar.

Já a mulher libriana, mesmo pobre, estará envolvida com beleza ou justiça.
Será a vendedora de cosméticos, de *lingerie*, de bijuteria ou de tudo isso.
Será advogada ou cobradora da Serasa, ou cantora de cabaré, de churrascaria, de bufê infantil ou até de sucesso.
Mas serão charmosas, românticas, tendo que tomar cuidado com rostinhos lindos, porque são o seu ponto fraco.
Academias de ginástica também são a sua praia.

Aviso de amigo: cuidado com pessoas de Touro com ascendente em Libra. Vão te fazer pastar muito. Evite.

E não se espante se a pessoa de Libra te pedir um "tempo" de manhã e à noite lhe disser: "Eu te amo". Elas mudam de ideia assim como eu mudo de cueca.

E são as que mais demoram para terminar um namoro.

Chatooooooo!

Infelizmente, é o meu ascendente.

Pessoas famosas de Libra

Bofes:
Sting, Eminem, Ralph Lauren, John Lennon, Bruce Springsteen, Michael Douglas, Pelé, Pavarotti.

Periguetes:
Gwyneth Paltrow, Catherine Zeta-Jones, Brigitte Bardot, Catherine Deneuve, Rita Hayworth, Gwen Stefani, Donna Karan, Monica Bellucci e aquela bonitona que fez seu irmão largar família e filhos e fugir para o interior.

Grifes que combinam com esse signo

Internacionais: Valentino, Chanel, Dior, Louis Vuitton, Ungaro, Lacroix, Prada (as mais caras e elegantes, pois Vênus odeia o miserê).

Nacionais: Carlos Miele, Tufi Duek, Maria Bonita, Lenny, V.Rom, Foch (para os moços gays), Fábia Bercseck, Ricardo Almeida.

Escorpião

Escorpião é o signo do sexo, mais para a sensualidade, é o signo do mistério, das emoções fortes e da vingança. Resumindo: uma novela mexicana com cenas de sexo!

O problema é que o Escorpião é muito intenso, então tudo tem um sentido muito profundo:

"Quando tomo água, estou tentando aplacar a secura da minha solidão". Ou:

"Quando estou dormindo e ronco, é porque é a única maneira de você me ouvir, porque você não me ouve, Efigênia".

Entendeu?

Escorpião também não esquece nada.

No meio de uma transa magnífica, quando você está prestes a ter um orgasmo triplo, ele para e se levanta e você, sem entender, pergunta:

– O que houve?

– Lembra-se de que há dois anos você bateu o telefone na minha cara? Pois bem, estamos quites.

E sai para tomar uma Fanta.

Escorpião também é obcecado pelo poder. Quando chega em qualquer lugar, ele dá uma olhada geral e, como tem uma boa intuição, já sabe quem ali tem mais poder e se aproxima dessa pessoa. Faz o seu papel charmoso e, em seguida, fecha bons negócios, bons contatos.

Mas o Escorpião trabalha duro, é persistente e, como tem grande controle emocional, vai longe.

E por falar em controle emocional, ele pode estar louco de amor, ardendo por dentro, mas ele olha para você e diz: "Você não lavou a louça, sua porca!".

E como transa, afe.

Esse signo descobre facilmente seu lado B, aquilo de que você tem vergonha, mas morre de medo de falar. O escorpiano descobre o que é e faz; é gostoso, mas dá medo.

Sei de uma moça casada que largou marido, carrão e um bom emprego e foi para a Guiana Francesa atrás de um escorpiano louco com quem ela fez um sexo rápido no banheiro de um lava a jato.

Escorpião faz sexo em qualquer lugar e, quando quer sexo, vaga pelas noites.

E quando se apaixona, coragem! Te vigia, te perturba, te persegue, te cerca.

Mas é bom, porque, colega, o sexo...

Porém:

Não minta para ele, ele descobre!

Não tente enganá-lo, porque ele percebe.

Não apronte, porque ele se vinga.

Fora isso, é um amor de pessoa!

Pessoas de Escorpião famosas

Men:
Reinaldo Gianecchini, Fábio Junior, Bill Gates, Rock Hudson, Leonardo DiCaprio, Pablo Picasso.

Women:
Winona Ryder, Julia Roberts, Jodie Foster, Hillary Clinton, Demi Moore, Grace Kelly, Anna Wintour (diretora da *Vogue America*, que inspirou a megera *fashion* do filme *O diabo veste Prada*).

Grifes que combinam com esse signo

Internacionais: Azedine Alaia, Thierry Mugler, Gucci, Blumarine, sapatos pretos de Manolo Blahnik, óculos do Tom Ford, La Perla (*lingerie*), Calvin Klein (*underwear*), Helmut Lang, Vivienne Westwood.

E do Brasil: Alexandre Herchcovitch, Caio Gobbi, Mario Queiroz, A Mulher do Padre, V.Rom, Ellus (moda noite), Iódice (moda noite), Walério Araújo, Triton.

Sagitário

Agora, vamos falar do signo mais palhaço de todos: Sagitário.

E o pior (ou melhor) é que é verdade. Grandes comediantes são de Sagitário: Woody Allen, Bete Midler, Ben Stiller, Rafinha Bastos, Grace Gianoukas, Angela Dip, Luiz Miranda, Marcela Leal e por aí vai.

Na verdade, o sagitariano é um otimista que acha que tudo vai dar certo e, como nem sempre tudo dá certo, ele ri de si mesmo, faz uma piada e bola pra frente ou pra todos os lados.

É um tagarela nato, fala muito, sobre tudo, e é incapaz de guardar segredos. E ele fala mesmo, te entrega na cara dura, fora as indiscrições, aliadas a uma sinceridade quase desconfortável.

Olha o Sagitário como age:

"Mas Ludmila, você disse que perdeu cinco quilos, mas eu acho que, no máximo, você perdeu um quilo. Mas isso não importa. Arthur, seu namorado, sempre preferiu moças mais gordas..."

"Marcos, tudo bem? Nossa, parabéns por ter passado no concurso público. Vai ser muito bom para você, porque, como você não tem talento para nada em específico, pelo menos nesse trabalho de 6 horas você ganha algum, sem precisar ser bom, né? Que sorte."

"Ainda bem que você se separou, Gerlaine... tava na cara que você se casou com ele só para sair da casa dos seus pais. Afinal, sua mãe sempre foi uma megera."
Sim, que gostosa essa tal sinceridade, não? Mas, por incrível que pareça, Sagitário tem muitos amigos, conhece Deus e o mundo e sabe onde as coisas estão rolando, ou seja, onde tem uma festinha ou algo descolado, lá está ele.

Como lê muito, ou escuta muita música, ou vê muitos filmes, ou tudo isso ao mesmo tempo, ele sempre tem assunto.

Também é um signo esportista. Afinal, como tem muita energia, ela precisa ser canalizada, senão o sagitariano quebra tudo em casa, porque é um desastrado.

Odeia se sentir preso, detesta namoros longos e sérios e, se pegar no pé, ele "avoa".
Se quer conquistá-lo, não dê muita bola a ele, não fique muito atrás, ele ficará intrigado.

Sagitário também tem um profundo senso religioso ou filosófico, ama cães e é um galinha daqueles.
Beija até oito pessoas na balada e ainda conta, achando tudo bonito.

As moças sagitarianas, na maioria das vezes, moram sozinhas, demoram para casar, são independentes e amam viajar, não param quietas.

Com frequência, os sagitarianos em geral cortam os laços familiares muito cedo, pegam uma mochila ou mala e vão "ferver" por este mundo de meu Deus.

Trabalhos como agente de viagens, advogados, promoters, pilotos de avião, comissários de bordo, comediantes, professores e filósofos combinam muito com o estilo dos arqueiros.

Pessoas famosas de Sagitário

Homens:
Walt Disney, Brad Pitt, Jim Morrison, Steven Spielberg, Frank Sinatra, Charles M. Schulz (criador do Snoopy).

Mulheres:
Cássia Eller, Clarice Lispector, Maria Callas, Edith Piaf, Nelly Furtado.

Grifes que combinam com esse signo

Internacionais: Dolce & Gabbana, Versace, Jean Paul Gautier, Dsquared, Adidas, Puma, Viktor and Rolf.

E do Brasil: Sommer, Triton, Zapping, Do Estilista, Alexandre Herchcovitch, Osklen, Cavalera, Colcci, Havaianas e Hering.

Capricórnio

Não brigue comigo.

Eu gosto das mulheres de Capricórnio. Homens, nem tanto.

Acho um signo meio chato, meio moralista, meio... enfim, esta é minha opinião e não uma verdade absoluta, quero deixar isso bem claro.

Tive alguns conhecidos de Capricórnio (essas amizades não duraram) e, honestamente, com nenhum me dei bem.

Foi muita teoria e pouca prática.

Capricórnio nasce com uma inteligência natural, isso é fato.

Capricórnio também tem um espírito inconformado, o que induz a mudanças, e isso é muito bom.

Capricórnio tem ambição – virtude que adoro – e faz a humanidade andar.

Mas não adianta o Capricórnio ficar só na teoria enquanto os outros "menos dotados" realizam coisas sólidas.

O grande inimigo desse signo é sua arrogância e sua mania de achar que todo mundo é burro, estúpido e só ele é prático, inteligente e realizador.

Exemplo:

A professora na sala de aula e o capricorniano:

Professora: – Bom, hoje vamos ver e aprender sobre os países do Leste Europeu e o impacto social que eles... Capricórnio: – Ei, que coisa antiga este assunto, quem não sabe sobre isto? É só ter TV a cabo e ver os documentários a respeito. Professora: – Muitas pessoas não sabem, e depois, isto faz parte do programa da escola e... Capricórnio: – Esta escola está atrasada. Onde estudei, aprendi isto no sexto ano e... Professora: – Então vai ver que foi por isso que você repetiu, não é mesmo? Porque sabia demais... A classe toda ri do Capricórnio, lógico, enquanto ele emburra e abre o seu livro sobre mecatrônica robótica.

O Capricórnio, quando vence a mania de achar que só ele sabe, que o chefe é burro, que a escola é idiota, que o mundo é errado e que só ele é certo, vai longe... Porque ele tem persistência, paciência e sabe trabalhar duro.

É meio sério, rabugento e adora namorar pessoas mais velhas. É um signo de quem sempre tem problemas com o pai.

Namorei uma pessoa de Capricórnio que vivia culpando a mãe por não lhe pagar mais a faculdade. Detalhe: a mãe descobriu que a pessoa fingia que ia para a faculdade, mas na verdade enchia a cara nos botecos da vida... Essa pessoa até hoje não se formou e tentou quatro faculdades, uma de cada curso. Tem 31 anos... Uma ex-grande amiga minha, aspirante a atriz, daquelas que desafiam os chefes (mesmo chegando atrasada todos os dias e atendendo mal os clientes), falava de Antunes Filho, de Zé Celso, enfim, toda teórica.

Bom, engravidou do primeiro namorado, depois de três meses de namoro, tem dois filhos e hoje, aos 34 anos, ainda discursa sobre teatro e critica todo mundo.

Detalhe: nunca fez uma peça.

Muitos culpam o planeta regente desse signo, Saturno, que gira muito lento, pelo caminho difícil e esburacado pelo qual andam.

Mais alguns dados importantes:

1 - Capricórnio nasceu para o poder e se dá bem em cargos de liderança. Ama o poder assim como Leão e Escorpião.

2 - Capricórnio tem um mundo interno ao qual só ele tem acesso, então nem tente entrar que você não conseguirá.

3 - São pessoas distintas, que adoram a elegância, a gentileza e os bons modos. São, no fundo, conservadores. Amam o brasão da família.

Os homens deste signo são sérios, sisudos e muitas vezes rabugentos. Começam a ter cabelos brancos cedo e adoram mulheres mais velhas. Amam os avós.

As mulheres deste signo são críticas, trabalham duro e por horas a fio, são firmes e têm um ar de melancolia.

No trabalho são metódicas e precisas (tive uma patroa de Capricórnio, uma turca que era uma pessoa muito, mas muito eficiente...)

Pessoas famosas de Capricórnio

Do time masculino:
Andy Kaufman, Elvis Presley, David Bowie, Kevin Costner, Ricky Martin, Jude Law, Jim Carrey.

Do time feminin*o:***
Cláudia Raia, Marlene Dietrich, Ava Gardner, Janis Joplin, Kate Moss, Sade.

Grifes que combinam com esse signo

Internacionais: Yves Saint Laurent, pierre Cardin, Calvin Klein, Blumarine, Celine, Louis Vuitton, Burberry, Michael Kors, Armani e tudo que é sóbrio, elegante e durável.

E no Brasil: Ricardo Almeida, Huis Clos, Arezzo, Victor Hugo, Isabela Capeto, André Lima, coisas *vintages* de Clodovil, Dener e Ronaldo Esper.

Ah, Capricórnio faz um sexo ardente, intenso e demora horrores...

Será que melhora, depois de tudo que falei de ruim?

Aquário

Detesto este signo. Detesto mesmo.

E por quê?

Porque os diabos dos aquarianos conseguem perceber as coisas antes que todo mundo e, assim, não dramatizam, coisa que eu, Sagitário, adoro fazer.

E como conseguem resolver problemas num piscar de olhos.

Acho até que as aquarianas não têm TPM.

O chato do aquariano tem o dom de ser futurista, ele antevê fatos e situações. E depois que você se estrepa ele solta: "Não te avisei?".

Chato. Chato. Chato.

O aquariano sempre é o mais diferente ou o mais tranquilo...

Ele sabe quais são as tendências, então tudo que ele disser que é bom ou vai pegar, acredite: vai pegar.

São completamente apaixonados por eletrônicos, jogos, computadores, tudo que é futurista e único.

Um aquariano perfeito seria o maluco beleza Raul Seixas, que falou sobre a metamorfose ambulante.

Ah, as pessoas de Aquário têm humor, têm uma loucura interna e um desprendimento das convenções que não é algo calculado. Elas são naturalmente assim.

Têm uma intelectualidade vibrante, são curiosas, cientistas, adoram analisar as coisas, os fatos, teorizar sobre algo ou mostrar um lado da questão que ainda não foi explorado.

Pessoas de *look* original, ideias anarquistas, pessoas que mudam o curso da história são de Aquário.
Também são ligadas nas questões humanitárias...
Adoram assuntos como "buraco de ozônio", ou o "futuro do homem na era virtual" ou a "pílula e sua função neste milênio na vida da mulher".
ONU e NASA soam como sinfonia dos deuses no coração aquariano.

No amor, são divertidos, desencanados, joviais e não esquentam muito a cabeça com nada. Nada de supérfluo, lógico.

Na verdade, são dedicados, mas nem ouse tentar prendê-los. Eles te chutam.

As mulheres de Aquário, na maioria das vezes, moram sozinhas, têm filhos sozinhas, têm seu próprio negócio e não são nada caretas. Adoro.
Mas não se esqueça: são cientistas... Eles te analisam e te observam o tempo todo, sem você perceber.
E se você é conservador, familiar e muito moralista, esqueça este signo.
Ele veio ao mundo para agitar.
Que inveja...

Pessoas famosas de Aquário

Rapazes:
James Dean, Paul Newman, Carlinhos (Mendigo), Matt Dillon, Márvio Lúcio (Carioca), John Travolta, Seal, Mozart, Darwin, Galileu, Copérnico, Júlio Verne.

Moças:
Jennifer Aniston, Geena Davis, Sabrina Sato, Mia Farrow.

Grifes desse signo

Internacionais: Jean Paul Gaultier, Balenciaga, Dior, Helmut Lang, Yohji Yamamoto, Issey Miyake, Moschino, Viktor and Rolf, Olivier Theyskens.

E no Brasil: Osklen, Reinaldo Lourenço, Gloria Coelho, Alexandre Herchcovitch, Carlota Joaquina, Jum Nakao, Lorenzo Merlino.

Peixes

Existem dois tipos de Peixes: aqueles que nadam para cima e aqueles que nadam para baixo.

Se você for um pisciano, reze para nadar para cima, porque, com certeza, sua vida será beeeem mais fácil e animada...

Peixes é um signo místico, é o signo do desapego, da espiritualidade; dizem até que quem é de Peixes está neste mundo pela última vez, porque esta será sua última encarnação.

Traduzindo: esse é o signo da viagem, colega.

Eles têm um mundo interno cheio de fantasias em todos os planos e, quando a coisa não está boa (quase sempre), é para lá que eles nadam, e não há quem os tire.

Se o pisciano souber canalizar sua incrível intuição e sua sensibilidade, ele conseguirá captar o que está em volta e, com isso, sentir o ambiente, se adaptar, crescer e fazer a diferença.

Porque, quando um pisciano resolve ser brilhante, colega, detona até o mais animado leonino.

Mas o problema é <u>quando</u> resolve... e <u>se</u> resolve...

Como é um signo que se sacrifica numa boa

pelos outros, às vezes o pisciano se esquece dele mesmo e lá se vai a vida própria.

É o signo do povo da noite, do lado B, daquilo que destrói.

Peixes deve evitar ao máximo o álcool, as drogas e a prostituição, ou seja, tudo que traz o alívio momentâneo para as dores do dia a dia.

Muitos artistas plásticos são piscianos.

Muitas pessoas que trabalham com música são piscianas.

Trabalhos mais introspectivos são perfeitos para eles.

Os homens deste signo têm uma certa fragilidade, aos quais a mulherada com síndrome de mãe não resiste, leva para casa e, quando vê, está sustentando um marmanjo de 40 anos que tenta debilmente ser um novo escultor.

É, colega, cuidado... Se um piscianão te pega em uma época de carência, lascou-se. Você irá fazer tudo por ele.

E como chora este signo, afe... Chora e se sacrifica pela família e adota crianças e faz o trabalho dos outros e toma na cabeça mas não aprende.

Não sabe dizer não.
Não sabe dizer não.
Não sabe dizer não.
Não sabe dizer não.
E, só para reforçar:
não sabe dizer não.

Dica: o piscianão tem que ter um caderno em casa no qual deveria escrever cem vezes ao dia: "Devo aprender a dizer não"...

A criatividade deles é incrível, então criam heróis, situações loucas, nuvens laranjas, sóis azuis e lagos cor de ouro... São bem lisérgicos.

A mulherada deste signo, de uma feminilidade extrema, consegue seduzir com o doce olhar e tem um aspecto de donzela.
Arianos e leoninos, que adoram uma gueixa-donzela-princesa, são os primeiros a serem fisgados por essas moças de olhar sereno e quadril sem-vergonha. Porque a pisciana, colega, adora um "vuco-vuco". São amantes perfeitas. Com aquele olhar de songamonga, elas vão longe... Até para a Europa, bein.

E reclamam da vida, viu? Porque adoram se sentir vítimas da situação, da vida, do contador, de você, do filho que ainda não nasceu. Adoram sofrer.

E amam misticismo: astrologia, mãe de santo, tarô, borra do café, do cappuccino, amam budismo, cartas, enfim, amam uma macumbinha, colega.
Ou também são rezadeiras ao extremo.
São chegadas em velas.
Pecado e religião.
Culpa e castigo.
Carne e alma.
Pão e vinho.
Ah, eu não tenho paciência.

Piscianos, cuidem do psicológico e da cabeça.
São propensos à depressão.

Pessoas famosas de Peixes

Eles:
Bernardo Bertolucci, John Bon Jovi, Kurt Cobain, Rob Lowe, George Harrison, Lou Reed, Jerry Lewis, Spike Lee, Nureyev, Victor Hugo.

Elas:
Elis Regina, Amanda (*Pânico* da rádio), Elisabeth Taylor, Drew Barrymore, Lisa Minelli, Cindy Crawford, Nina Simone, Anaïs Nin, Sharon Stone.

Grifes dos piscianos

Internacionais: Blumarine, Nina Ricci, Oscar de la Renta, Dior (as peças mais dramáticas), Moschino, Jean Paul Gaultier, Dsquared e Viktor and Rolf.

Nacionais: Lenny, Mr. Wonderful, Rosa Chá, Cia. Marítima, André Lima, Lino Villaventura, Gloria Coelho, Neon, Cori, Walério Araújo, Sommer.

HORÓSCOPO DA SEMANA

Leia sempre. Serve para esta semana, para a semana que vem ou qualquer outra, graças aos meus anos de estudo, meditação e caridade.

Áries

Evite fazer sexo com pessoas estranhas. Transe apenas com os vizinhos, mas só aqueles que têm carro. Dê trela ao faxineiro do prédio, mas só àquele com dentição completa.

Nesta semana, respire fundo, conte até 3 ou 10 ou 100... Siga em frente, sem passar sinal vermelho, sem bater o carro, sem bater no seu homem, sem bater a cabeça na parede. Pare de bancar a louca. Histeria não é sexy, querida. Mais feminina, por favor. Menos rojão, menos explosiva...

Touro

Semana tensa e preocupante. Veja sua conta bancária a cada sete horas. Sinto que seu dinheiro sumirá, sinto que rugas aparecerão, sinto energia traiçoeira no seu gerente. Para evitar essa ziquizira, taurino, por favor, coloque notas de euro no Buda e nunca o coloque de costas, pois ele pode expelir os gases do miserê. Evite o rebosteio.

Abra a mão. Se você abrir a mão, coisas novas e boas vão surgir. Renove as energias. Doe o que já não lhe serve mais, mesmo que seja aquele rapaz com quem você tem um caso e que não tá dando mais em nada. Seu guarda-roupa parece mais brechó de bairro. Seja menos pão-duro. Quem economiza prazer nunca vai ter orgasmo múltiplo.

Gêmeos

Evite falsidades, evite produtos chineses, evite camelôs, evite a sogra e evite dizer "eu te amo" na hora do sexo. "Eu te amo" na hora do sexo é a maior das falsidades. Quero ver falar "eu te amo" com você toda lascada, fritando jiló na cozinha. Um conselho: sabe uma coisa que é tão boa quanto guardar dinheiro? Guardar segredos. Esqueça que você tem língua. Segure sua boca, muitas vezes sua pior inimiga. Até os batons têm medo dos seus lábios. Se é para ser fofoqueira, vire logo colunista social de jornal de bairro distante.

Câncer

Repense sua vida, olhe-se nu no espelho, veja suas estrias, observe sua flacidez, enxergue suas varizes. Entendeu por que você está sozinho? Na hora da paquera, cuidado com essa sua mania de fazer como time pequeno que enfrenta o time grande na casa do adversário e não parte para o ataque. Você pode perder de goleada.

Leão

O mundo não gira ao seu redor, leonino, a única coisa que gira ao seu redor é aquela criança de bicicleta dando voltas na praça. Pare de se achar, até porque às vezes você não se encontra, quem te encontra é a faxineira da balada, quando abre a porta do banheiro, seu vagabundo! E ainda por cima perde a comanda.

Nem sempre o melhor pedaço de bolo é para você. Ser o centro das atenções requer muita responsabilidade, e o poder é muito pesado. Se o negócio é fazer drama, melhor deixar isso com as atrizes mexicanas. Menos cor nas roupas, ok? O mundo não é uma liquidação da Versace.

Virgem

Não adianta a casa estar encerada se a alma está na lama, não adianta a privada ficar desencardida se o coração está no bueiro da moral, não adianta escovar os dentes se a boca só exprime pragas de São Cipriano.

Você perde muito tempo analisando as pessoas, procurando defeitos nelas. A energia que se gasta procurando defeitos é a mesma com que se encontram qualidades.

Se é para ficar procurando defeito, vá trabalhar numa assistência técnica.

Libra

A vida se divide em alguns tipos de pessoas: as que nascem e as que simplesmente surgem. As que moram e as que se enfiam num lugar qualquer. As que transam e as que cruzam. De que lado você está, libriano? Pense durante a semana.

Seu elemento é o ar, e isso explica muito das suas alterações de comportamento. Mas isso não lhe dá salvo-conduto para deixar os outros malucos. Bipolar? Sai fora.

Escorpião

Pare de ficar procurando profundidade em tudo. Profundidade, hoje em dia, só se você trabalhar na Petrobras, com o pré-sal. Seja raso como um lava-pé de piscina pública. Romance? Só se for de Sidney Sheldon. Amor? Só se for Amor aos Pedaços. Carinho? Só se for o diminutivo de "caro".

Outra coisa. Não leve tudo para o pessoal. Ser vingativa só é bonito em histórias de Sidney Sheldon. Tem horas que você fica parecendo macumbeira de bairro, que horror!

Sagitário

A vida é um parque de diversões, em que poucos têm dinheiro para os ingressos.

Roda-gigante? Só se forem suas dívidas rolando na Serasa. Carrossel? Só se for a novela do SBT. Trem fantasma? Só se for a sua vida sexual. Tobogã? Só se for você descendo a ladeira rumo à cachaça. Acorde, demônio, que o inferno tá cheio, o purgatório é um tédio e o paraíso, ui, tá cheio de cobras!

De rebelde já bastou a novela do SBT. Chega de bancar a inconstante, a atrevida e a sincerona. Fazendo a insuportável, você acabará solteirona. Muitas vezes é melhor guardar a verdade do que ganhar inimigos.

Capricórnio

Uma semana na qual você deve tomar cuidado com a alimentação. Não coma qualquer quenga, só as com segundo grau completo, no mínimo. Não engula desaforos. Não engula sapos, mesmo que tenham cara de príncipe encantado.

A justiça tarda e tarda e tarda (estamos no Brasil), mas não falha. O problema é tardar tanto, que você já esteja morto para ver o que aconteceu.

A única coisa que não tarda no Brasil é a ejaculação precoce.

Tem mais: a pior coisa do mundo é ter fama de sistemática. Além de a palavra ser cafona, não ajuda na vida social. Relaxe, sorria, deixe-se levar pelo momento, pela vida e, por que não, pela piranhice de vez em quando. Nem as freiras têm a fama de ser tão sérias. E você sabe: mulher de cara fechada acaba de pernas fechadas também.

Aquário

Que *paiaçada* é essa de você achar que é o futuro? O futuro a Deus pertence, a mãe de santo nos conta, a gente acredita e, logicamente, se ferra. É mais fácil o aquariano ter *pancake* do que vergonha na cara. Futuro... sei. Esfregar uma cueca no tanque, que é bom, ninguém quer.

Em relação ao presente, a pessoa, quando é liberal demais, acaba ficando sem critério. E, para a fama de bagaceira chegar, não demora nem dois minutos. Menos! Ser a versão feminina do Raul Seixas não é *cool*, amiga.

Riponga e maluca beleza é muito anos 70. Paz e amor, ok, mas não seja a louca e sem noção que tem cheiro de incenso...

Peixes

Pare de sonhar, pois, enquanto você sonha, seu marido te chifra, seu sócio te rouba, sua sogra cospe no seu café, seu filho furta 30 reais da sua carteira e a empregada usa suas calcinhas no sambão de Diadema. Enquanto você sonha, a realidade à sua volta vira um pesadelo tal qual um banheiro de rodoviária no fim do dia.

Essa linha sonsa já foi. Hoje, nas novelas, as vilãs são as mais queridas. Tome muita água, banhos e DECISÕES. Nem gata no cio fica tão em cima do muro. Vá logo, porque a vida adulta é como ônibus em dia de semana: não espera ninguém.

TRAIÇÕES, BOFES E SIGNOS

Áries

O bofe de Áries trai por impulso e depois se arrepende. Trai para se mostrar homem, trai para se mostrar macho, trai por competição. E você sempre descobre. Áries é um estabanado.

Touro

O homem de Touro trai preguiçosamente, com alguém bem próximo, numa situação confortável. Trai com a secretária, com a estagiária, um esquema meio família. E tem tanto ciúme de você quanto da amante. Touro não tem amores, tem posses.

Gêmeos

Gêmeos trai porque tem que levar adiante a sua cantada. Gêmeos adora contar um papo-furado, uma lorota, te impressionar com alguma ideia ou caso. E adora ver você caindo feito *top model* inocente quando quebra o salto na passarela. Gêmeos trai e conta pra todo mundo. É aí que ele é pego.

Câncer

Câncer trai por mágoa, Câncer trai porque se sente sozinho, abandonado, preterido. Ao excluir um canceriano de uma situação gostosa, ele vai parar nos braços de quem lhe oferecer mais conforto emocional, carinho e compreensão. Câncer não trai por sacanagem, trai por carência e nunca mais se perdoa.

Leão

Leão trai por vaidade, para testar o seu poder de fogo, o seu poder de macho, para provar que é o rei. Muitos leoninos não chegam nem a trair, ficam só no flerte. Para eles, o importante é a ereção e o ego e não o seu pênis. Quer manter um leonino fiel? Elogie-o 15 vezes por dia.

Virgem

O virginiano trai por sacanagem, por farra, por putaria. Em geral, é um exímio marido, um excelente namorado, um exemplar noivo. Mas não consegue exercer o seu lado B com a parceira. Por isso, regozija-se em motéis, bordéis, suingues e saunas mistas. Benza Deus.

Libra

O libriano trai porque vê romance em tudo. A ideia das pessoas apaixonadas por ele e a situação da paixão em si deixam o nativo em êxtase. O libriano seduz mulheres, homens, lésbicas, prostitutas, animais e até ursinho de pelúcia. Tudo isso só para sentir o coração batendo mais forte. Ele não trai por sacanagem, ele trai porque é um escravo do romance perfeito.

Escorpião

Trai porque dói no outro, porque machuca o outro e porque Escorpião sempre dá o troco em euros, mesmo que a pessoa tenha aprontado em reais. Escorpião descobre os podres de alguém, mas não fala, só para ver até onde a pessoa vai. Sinistro... excitante... meio amor grego.

Sagitário

O sagitariano trai porque gosta de sacanagem, gosta da aventura, gosta da orgia. A ideia de fazer sexo com um monte de pessoas empolga o nativo do elemento fogo. Ele nem quer qualidade, ele quer quantidade e novidade. Depois, toma banho, olha pra frente e segue adiante. Danadinho.

Capricórnio

Capricórnio trai para relaxar, porque tem uma vida dura, pois carrega o trabalho e a família nas costas. Ele trai para subir de cargo na empresa, para ganhar um título daquele clube, para manter a sogra abrindo a bolsa. Capricórnio não trai por tesão nem por prazer. Capricórnio trai pelo poder. É no Olimpo que ele goza.

Aquário

O aquariano trai por experiência, por vontade de aprender mais sobre si e sobre o ser humano. Ele trai para quebrar convenções, para causar discussões, questionamentos e mudanças. Aquário trai porque é moderno e anarquista. Deus que me livre de amar um aquariano.

Peixes

Peixes trai porque é sonso, porque não resiste a uma cantada. Não resiste a uma quenga, não resiste a uma travesti gostosa. Não resiste a uma putaria. Peixes apronta muito e depois fica se remoendo. Espancá-lo não adianta, pois, como disse antes, ele é sonso.

FESTA NO CÉU

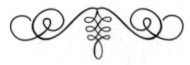

Festa de ARIANO sempre tem
muita briga.

Festa de TAURINO sempre tem
muita comida.

Festa de GEMINIANO sempre tem
muita fofoca.

Festa de CANCERIANO sempre tem
muita família.

Festa de LEONINO sempre tem
polícia pedindo para baixar o volume do som.

Festa de VIRGINIANO sempre tem
uma decoração impecável.

Festa de LIBRIANO sempre tem
muita gente bonita.

Festa de ESCORPIANO sempre tem
muita putaria.

Festa de SAGITARIANO sempre tem
muita palhaçada.

Festa de CAPRICORNIANO sempre tem
muita gente "da firma".

Festa de AQUARIANO sempre tem
muita gente doida.

Festa de PISCIANO sempre tem
muito penetra.

HORÓSCOPO OTIMISTA DA SEMANA

Áries
O sol nasceu para todos, só para você que ele estreou. Semana propícia para festas, festas e mais festas. A semana toda.

Touro
Semana incrível para sexo e amor nos lençóis, estejam eles lavados ou não. Gaste com olhares *sexies*, cantadas baratas e camisinha.

Gêmeos
Fale menos e compre mais. Segundo os astros, dinheiro misterioso, herança do bem, bofe generoso ou tudo isso vai acontecer esta semana. Aproveite.

Câncer
Inimigos poderosos irão se dar mal esta semana. Sogra irá para o hospital, chefe irá sofrer um infarto e aquele ex-namorado FDP perderá um dedo. Não tenha pena. Coisa do destino.

Leão
Sorte incrível no amor e desgraça ao mesmo tempo. Três homens lindos, viris, ricos e apaixonados por você. Você conseguiria se decidir? Quem mandou pedir demais?

Virgem
Viagens maravilhosas estão no seu destino. Se sua intuição mandar você abastecer seu carro naquele posto, abasteça. É de lá que vai sair o sorteio de que você vai participar e ganhar uma viagem inesquecível.

Libra

Semana incrível para mudanças externas: Botox, lipo, redução das "oreia", redução "das mama", redução do nariz, tudo dará certo se seu nome estiver limpo e você poderá fazer em mil vezes no cartão.

Escorpião

Café da manhã na cama, cesta de café da manhã, sexo na cama de manhã, tudo será incrível e matutino, tudo acontecerá nesse período do dia. Não se jogue na noite: uruca, traição e bandidagem.

Sagitário

Tudo será incrível e colorido, como um clipe da Lady Gaga. Tudo será sensual, como um clipe da Madonna. Tudo será dançante e rebolativo, como um clipe da Beyoncé. Tudo será como um clipe bem editado.

Capricórnio

Semana incrível em que você será reconhecida no trabalho (finalmente), terá um quadro de funcionária do mês, churrasco depois do expediente e, de quebra, vai ganhar uma cantada do chefe. Vai recusar?

Aquário

Beleza e juventude pautam esta semana. Homens jovens, durangos e fogosos estarão aos seus pés, aquariana. Regozije-se, ferva, se entregue. Sexo no *skate*, sexo com *video game*, sexo com groselha. Tudo isso e muito mais para você.

Peixes

Cuide do espiritual (sempre este assunto). Vá ao pai de santo e fale para ele o nome da pessoa que te prejudicou, porque o resto a vida, as velas vermelhas e a galinha preta resolverão. Esse homem vai bater o Fusca. Ah, se vai.

PERSONAGENS E SEUS SIGNOS

Áries

Essa raça é aventureira, cheia de energia e adora desafios. Quanto mais difícil, melhor para eles, que não sossegam nunca, se metem em tudo e adoram mandar.

Personagens:
Indiana Jones
Lara Croft
Speed Racer
Conan, o Bárbaro
Lion, dos Thundercats

Touro

Viciados em dinheiro, estabilidade e rotina. Odeiam surpresas e novidades. Porém, são persistentes, teimosos e sensuais.

Personagens:
Tio Patinhas
Holly Golightly (*Bonequinha de luxo*)
Charlotte (*Sex and The City*)
Cascão
Christian (personagem de Ewan McGregor em *Moulin Rouge*)

Gêmeos

São rápidos, velozes, versáteis, comunicativos, curiosos e adoram novidades!

Personagens:
Papa-Léguas
Pernalonga
Os personagens de Jim Carrey em *O Mentiroso* e *O Máskara*
Coringa (do Batman)
Sally (a Isaura do Snoopy)

Câncer

Sentimentais, dóceis, maternais, românticos, determinados, organizados e, muitas vezes, manipuladores. Apegados à família.

Personagens:
Hello Kitty
Dumbo
Felícia
Piu Piu (do Frajola)
Jason (da série de filmes *Sexta-feira 13*)
Shrek
A personagem de Meryl Streep no filme *As pontes de Madison*

Leão

Poderosos e nobres, calorosos, dramáticos, ambiciosos, egocêntricos, muito, muito vaidosos. E são líderes naturais.

Personagens:

Johnny Bravo
Maga Patalógica
Samantha (*Sex and the City*)
Qualquer um dos James Bond (007)
A madrasta da Branca de Neve
Tutubarão

Virgem

Detalhistas, meticulosos, organizados, investigativos, cheios de manias. Adoram a ordem e a lógica das coisas. Amam quebra-cabeças.

Personagens:
Seinfeld
MacGyver (*Profissão Perigo*)
Mandrake
Cebolinha
Batman

Libra

Viciados em beleza, moda, arte, são equilibrados (ou procuram muito por equilíbrio), sedutores, loucos pela justiça e muito sedutores. Às vezes, pecam pela indecisão!

Personagens:
Carrie Bradshaw (*Sex and the City*)
Mulher Maravilha
He-Man
Superman
Olívia Palito
Margarida (a namorada do Donald)

Escorpião

Vingativos, misteriosos, rancorosos, resistentes, determinados, sensuais, passionais, soturnos.

Personagens:
Blair (*Gossip Girl*)
Frajola
Mística (*X-Men*)
Vingador (*Caverna do Dragão*)
Maligna (He-Man)
O personagem de Nicholas Cage em *Despedida em Las Vegas* e também em *Cidade dos Anjos*.
O personagem de Uma Thurman em *Kill Bill*.

Sagitário

Inteligentes, debochados, filósofos, alegres, livres, aventureiros, exagerados, rebeldes.

Personagens:
Serena (*Gossip Girl*)
Harry Poter
Bidu (do Mauricio de Souza)
Bozo
Pica-Pau
Pantera Cor-de-Rosa
Noturno (*X-Men*)

Capricórnio

Responsáveis, sérios, obtusos, viciados em poder, precoces, determinados e, muitas vezes, moralistas.

Personagens:
Coiote (do desenho *Papa-Léguas*)
Magneto (*X-Men*)
O Talentoso Ripley
Patacôncio (inimigo do Tio Patinhas)
Reed Richards (o Senhor Fantástico, do *Quarteto Fantástico*).

Aquário

Futuristas, evoluídos, inteligentes, originais, sagazes, cientistas e precursores.

Personagens:
Dexter
Franjinha
Lessie
She-Ra
Professor Pardal
Amélie Poulain
Miranda (*Sex and the City*).

Peixes

Sensíveis, criativos, dóceis, sonhadores, espiritualizados, imaginativos e intuitivos. Têm um mundo interior rico.

Personagens:
Mogli
Uni (*Caverna do Dragão*)
O Homem Elefante
Mulher Invisível (*Quarteto Fantástico*)
Peter Parker (*Homem-Aranha*)

"O Pior já passou."
Frase muita usada quando eu ando pela Rua Augusta.